고무신

고공섬

이은 장편소설

|주|자음과모음

차례

황사 주의보

학원가에서 출발한 승합차들이 텅 빈 거리로 퍼져 나갔다. 일과의 마감을 재촉하는 자정의 도시, 나만의 하루를 시작하기에 더할 나위 없이 완벽하다. 촘촘히 가로등 밝힌 거리는 온통 누런 안개다. 바람이 불면 모래가 노래한다는 고비 사막. 황사에 섞여 온 사막의 메마른 공기를 깊숙이 들이마신다. 목구멍이 칼칼해질 때까지. 나는 이제 한 마리 낙타다.

이어폰을 끼고 터벅터벅 걷는다. 종일 의자와 맞닿아 납작해진 엉덩이가 서서히 부풀어 오르기 시작한다. 사거리에 이르러 잠시 망설이다 이윽고 호수 공원으로 방향을 잡았다. 아직 꽃눈조차 여물지 않은 벚나무들 사이로 하얀 봉오리를 명랑하게 흔들어대는 목련 한 그루. 몇 걸음 가다 뒤돌아보고 또 돌아본다. 기시감인가? 이 시간과 공간의 모든 것이 낯설지 않게 느껴진다. 왠지 찜찜하다. 그래도 위안이 되는 건 집과 점점 멀어지고 있다는 사실이다.

호수를 중심으로 철제 울타리와 붉은 우레탄이 깔린 산책로, 가로등과 벤치가 방사형으로 펼쳐져 있다. 가로등이 호수 가장자리에 빛의 잔영을 드리우고 있지만 물색을 밝히기엔 역부족이다. 밤의 호수는 커다란 블랙홀 같다. 촘촘히 흐르는 검은 물비늘 사이로 작은 파문이 일었다. 불면증에 시달리는 물고기일까? 울타리에 배를 걸치고 아래로 깊숙이 몸을 숙였다. 호수 위를 스멀거리던 비릿한 물 내에 속이 메슥거리더니 입안 가득 침이 고인다.

"침을 삼키는 행동은 일종의 자기방어 심리야. 분노와 불안으로부터 버틸 수 있도록 행동화된 거지. 그러니까 이제부턴 침이 고이면 삼키지 말고 바로 뱉어버리는 게 좋아."

의사의 그럴듯한 해석과 단순한 해결책이 맘에 들었다. 까짓, 침 뱉는 것쯤이야! 이유도 모르고 꼬여버린 내 인생의 매듭이 문득 헐겁게 느껴진 순간이었다. 하지만 결론부터 말하면 꼬이는 놈은 끝까지 꼬이는 법. 이론과 현실이 다르고 아무리 좋은 약도 효용보다 부작용이 더 크면 말짱 꽝인 것을. 침을 뱉기 시작하면서 나는 미친놈에서 더러운 미친놈이 됐고, 쓰레기통에 축축한 휴지가 쌓여갈수록 아이들의 눈총과 욕설은 강도를 더해갔다. 그렇다고 침을 뱉기 위해 매번 화장실로 가는 건 불가능했고, 의사의 처방 운운하며 변명하기는 죽기보다 싫었다. 아무튼 득보다 실이 훨씬 많았던 나의 침 뱉기 치료는 실패로 끝났다. 후유증은 질기고 길었다. 계속된 악몽에 시달려야 했으니까. 드런 놈, 캭~ 퉤! 아이들이 떼로 몰려들어 내게 침을 뱉는다. 온몸을 감은 질척한 침에서 헤어나려 발버둥치지만 그럴수록 내 몸은 마치 고치에 갇힌 듯 서서히 굳어가기 일쑤다. 잠에서 깨도 그 느낌이 너무 생생해 다시 잠들지 못하곤 했다.

입을 벌리자 호수 위로 침이 뚝뚝 떨어진다. 흐흐, 이건 명백히 범죄행위다. 물고기 입장에서 보면 액체화된 분노와 불안이라는 괴이한 오염 물질이 살포되고 있는 거니까. 날이 밝으면 사람들은 배를 드러내고 둥둥 떠오른 물고기 떼를 발견할지도 모른다. 뜬금없이 킬킬 웃음이 새어 나온다. 난 잘난 의사가 아니라서 이 웃음의 의미를 이론적으로 설명할 순 없지만 아마도 미쳐가는 과정이 아닌가 싶다. 눈물까지 찔끔거리며 키득거리는데 핸드폰이 진동하기 시작했다. 무시한다. 젠장, 그 바람에 아쉽게도 웃음이 사그라져버렸다. 미친 웃음이 다시 찾아오기를 기다리며 걷는다.

호수 건너편 어둠 속에서 얼핏 무언가 움직인 것 같다. 혹시 멧돼지? 호수의 지류인 계곡과 이어지는 지점이니 그럴 수도 있겠다. 이어폰을 빼고 온몸의 감각을 총동원해서 예의주시한다. 잠시 후, 가로등 아래로 사람의 형체가 나타났다. 나만의 짧은 평온은 깨졌다. 얼른 가로등의 불빛이 미치지 않는 나무 뒤로 몸을 숨겼다. 멀고 어두워서 성별조차 구별할 수 없지만 이런 시간에 혼자 공원에서 어슬렁거리는 존재는 당연히 경계 대상이다. 본의 아니게 불편한 눈총이라도 주고받을 일이 생기지 않도록 미리미리 조심하는 게 서로에게 좋겠지. 짙은 어둠을 골라 슬금슬금 게걸음을 쳤다. 점점 가까워진다.

남자다. 한 손엔 초록색의 소주병을, 다른 손은 연신 허공을 휘젓는 모양이 만취한 상태로 보인다.

"아악…… 아…… 으흐흐……."

고통에 차 내지르는 비명, 아니 통곡인가? 어쨌든 섬뜩하다. 남자의 절규로 가득 찬 진공의 공간에 한순간 갇혀버린 느낌이다. 남자가 손에 든 병을 내던졌다. 소주병은 호수를 향해 포물선을 그리며 날아가기는커녕 힘없이 발 앞 울타리에 부딪혀 깨져버렸다. 남자가 허물어지듯 주저앉았다. 고개를 숙인 채 움직이지 않는다. 남자의 흐느낌은 서서히 잦아들어 이제 정적뿐이다. 남자가 호숫가를 돌아 나가는 길목에 버티고 있으니 난 그가 움직일 때까지 기다려야만 한다.

속이 울렁거린다. 참자! 침을 삼키고 또 삼키고, 목울대가 뻣뻣해질 즈음에야 드디어 남자가 일어섰다. 남자는 천천히, 아주 천천히 나무늘보처럼 울타리를 넘는다. 도대체 무슨 짓을 하려는 걸까? 그런데 하필 이 순간에 내 눈과 뇌는 따로 논다. 온갖 잡다한 생각들이 내 의식을 붙잡고 늘어진다. 주문한 지 닷새가 지나도록 도착하지 않은 신제품 에어브러시, 하동철의 찌그러진 왼쪽 귀, 엘리베이터의 거울에 비친 아래층 여중생의 젖은 머리카락, 길바닥에 말라붙어 있던 지렁이, 99942번 아포피스*, 그림 속의 절규하는 남자는 뭉크** 자신이었을까……. 짧은 순간에 이렇게 많은 생각을 할 수 있다니. 고장 난 타임머신 속에 있는 듯 모든 것이 도무지 현실적이지 않다. 이윽고 남자가 호수 가운데를 향해 휘적휘적 걸어 들어간다. 불규칙하게 텀벙거리는 물소리와 함께 남자의 아랫도리가 물속에 잠겼다.

눈꺼풀이 동공 속으로 빨려 들어갈 만큼 있는 힘껏 눈을 부릅뜨고 앞을 노려본다. 머릿속에 확성기를 틀어놓고 주문을 건다.

뒤돌아보지 마!

다행히 호수 공원을 빠져나올 때까지 아무도 마주치지 않았다. 호수가 그리 깊지 않을 수도 있고, 남자가 수영을 아주 잘해서 그깟 깊이쯤은 대수롭지 않을 수도 있다. 어쩌면 남자는 그쯤에서

---

* 지구 근접 소행성으로 2029년 4월 13일, 약 3만 6000킬로미터까지 지구에 근접할 예정이다.
** 노르웨이의 화가로 사랑, 죽음, 불안 등의 주제를 강렬한 색채로 표현했다. 작품으로 〈절규〉, 〈봄〉, 〈죽음의 방〉 등이 있다.

돌아 나와 젖은 옷을 벗어서 짜며 투덜대고 있을지도 모를 일이다. 나는 그냥 낯선 남자가 술주정 부리는 걸 잠시 구경하다 제 갈 길을 가고 있을 뿐이다. 무엇보다 나에겐 그를 방해할 권리가 없다. 제길, 이어폰이 없어졌다. 숨이 턱까지 차오르고 꽉 쥔 손바닥은 땀으로 흥건하다. 바지에 손바닥을 거푸 문질러 닦았다. 뒷목이 뻣뻣하고 관자놀이에 전기가 통한 듯 찌르르한 느낌이 전해졌다. 이건 극심한 두통의 전조증상이다.

"너 엄마 미치는 거 볼래?"

미치겠다! 우리 가족 모두가 습관처럼 내뱉는 말로 언어의 경제적 측면에서 보자면 더없이 간편하고 유용한 표현이다. 정서적 괴로움과 분노를, 타협의 여지가 없음을, 대화를 빙자한 간섭과 통제를 거부하는 감탄사로. 하지만 그 표현의 단순화로 인한 해악이 작지 않다는 게 문제다. 해묵은 나쁜 습관이 질병을 부르듯 미치겠다의 무분별한 사용이 부른 결과는 그다지 긍정적이지 않다. 미치겠다, 미치겠다, 외치다 정말 미쳐가고 있으니.

"문 부숴버리기 전에 빨리 나오지 못해!"

엄마는 일주일 치의 관심과 잔소리를 한꺼번에 쏟아놓을 기세다. 어쨌든 나는 문 닫아 걸고 대꾸하지 않으면 된다. 귀를 막고 손끝에 온 신경을 집중한다.

오늘은 RX-78-3-G3 기동 전사 건담을 조립하는 날이다. 책상 위를 깨끗이 청소하고 니퍼, 아트 가위와 나이프, 사포, 십자드라이버, 수지 접착제, 마스킹 테이프와 에어브러시를 가지런히 한 줄로 늘어놓았다. 이렇게 장비를 세팅하노라면 자못 경건한 기분까지 든다. 생명의 탄생을 앞둔 수술실의 팽팽한 긴장감이랄까? 내가 유일하게 살아 있는 느낌이 드는 때다. 조립 키트를 풀기 전에 우선 설명서를 쭉 훑어본다. 아무리 복잡해 보여도 막상 시작하면 어떻게 해서든 완성해낸다. 허접하게만 보이던 플라스틱 조각들이 내 손을 거쳐 차가 되고 공룡이 되고 로봇이 된다. 만드는 사람의 집중도와 인내, 애정에 따라 장난감이 되느냐 예술품이 되느냐, 결과는 달라진다. 부품을 런너에서 찾아 니퍼로 잘라냈다. 자른 면을 아트 나이프로 깎아내고 사포질을 해서 번호 순서대로 나열했다. 작동 플라스틱 모델의 생명은 양쪽 대칭을 잘 맞추는 것이다. 부품들이 딱딱 들어맞지 않거나 관절이 헐렁거리면 정말 참을 수가 없다. 작은 부품일수록 더욱 정밀하게 다루어야 하는 이유다. 어느새 부품들을 연결해 주던 뼈대인 런너 조각들이 수북하게 쌓였다.

초등학교 앞 문방구에서 오백 원, 천 원에 샀던 단순하고 조잡하기 짝이 없던 조립 모델만으로도 흡족해하던 시절이 그립다. 그때는 최소한 나의 취미를 비난하는 사람은 없었으니까. 내 손끝은 점점 섬세해지고 완성품들도 흠잡을 데 없이 훌륭해졌지만 다른 사람들의 눈엔 시간 낭비 이상도, 이하도 아니다. 엄마에게 난 천하에 한심한 놈이고 아빠의 눈에는 현실도피일 뿐이다.

네 시간이 훌쩍 지났다. 배가 고프고 목이 마르다. 화장실도 급하다. 하는 수 없이 방 밖으로 나가야 한다.

엄마는 흡사 잠복하고 있던 형사마냥 내 덜미를 낚아챘다.

"오늘은 결판을 내자. 너 도대체 어쩌려고 이래?"

어쩌려는지 나도 생각 중이니 당장 뭐라 대답할 수 없다. 엄마가 나를 소파에 끌어다 앉히고 아빠가 있는 서재 문을 열어젖혔다. 아빠는 마지못해 불려 나온 듯 팔짱을 낀 채 문가에 비스듬히 기대섰다. 이제 세팅이 끝났으니 엄마의 쇼가 시작되겠지.

"너 요즘 약 안 먹지?"

"……."

"맘에 안 들면 병원을 바꿔볼까?"

"……."

"제발 말 좀 해. 도무지 답답해서 미쳐버리겠다."

다행히 아빠의 빈정거림이 끼어든다.

"강박증에 불안장애라고? 의사들이야 깨끗해도 병, 겁이 많아도 병, 화가 나도 병, 심지어 부끄럼이 많아도 병이라지. 당신은 왜 멀쩡한 놈을 정신병자 못 만들어 안달이야?"

"감정 과잉 상태는 명백히 병이야. 물론 당신처럼 감정이 메말라버린 사람들은 이해 못하겠지만."

"인간의 감정을 치료 대상으로 본다는 자체가 웃기는 거 아냐? 결국엔 정신의학자들과 제약회사가 상부상조해서 질병을 파는 거지. 당신 같은 소비자가 있는 한 말이야."

오늘은 왠지 아빠 말에 동조하고 싶다. 뭘 알아내려는지 시시콜콜 캐묻는 심리치료인지 뭔지는 정말 지겹기 짝이 없으니까. 약은 또 어떤가? 온몸이 가렵고 가슴은 답답하고 구역질과 현기증이 난다. 무엇보다 가장 힘든 건 불면증이다. 몸은 지쳐 침대에 널브러져 있는데 뇌는 잠들지 않고 밤새 허공을 동동 떠다니는 기분이란! 게다가 병원만 다니면 무조건 좋아질 거라는 엄마의 터무니없는 기대까지 보태져 점점 더 견딜 수가 없다.

"죽어도 병원은 안 가요."

"너나 아빠나 참 답답하다. 입시 스트레스나 친구들과의 크고 작은 다툼쯤은 네 또래엔 어쩜 당연한 건지도 몰라. 여기까진 나도 인정해. 문제는 네가 스트레스에 민감한 성격이라 다른 애들보다 심하게 반응한다는 데 있어. 그러니 상담하고 약 먹고 치료해서 이 시기를 무사히 넘기자는 게 뭐가 그렇게 싫은데?"

"엄마, 제발!"

"내가 널 어떻게 키웠는데 이제 와서 네 멋대로 하겠다고? 절대 그렇게는 못해."

"차라리 나…… 학교 그만둘래."

"그놈들 무서워서 네 인생을 내팽개치겠다는 거야? 도대체 그만한 일로 학교를 때려치우는 녀석이 어디 있어. 다시는 널 괴롭히지 않겠다고 다짐받았잖아."

나를 둘러싼 무뇌아들이 벌이는 크고 작은 말썽들은 성가시기 짝이 없다. 마냥 참을 수도, 해결할 수도 없으니 하루하루가 짜증과 분노, 폭발의 연속이다. 하동철 일당은 수업 시간이고 노는 시간이고 가리지 않았다. 대놓고 괴롭히기보다는 지능적으로 신경을 긁어댄다는 게 적당한 표현이다. 그건 놈이 나의 약점을 훤히 알고 있다는 뜻이기도 하다. 패거리들이 짜고 감쪽같이 나를 미친놈으로 몰고 있으니까. 내 등을 쿡쿡 찌르고도 태연하게 시치미를 떼는가 하면, 자기는 아무 짓도 하지 않았는데 괜한 오해를 받는다며 되레 억울해했다. 어쩌다 발뺌할 수 없이 현장에서 걸렸을 때에도 녀석들은 늘 똑같은 변명을 했다. "우리가 널 때리기를 했냐, 돈을 뺏었냐? 친구끼리 그냥 장난 좀 친 거 가지고 까칠하게 굴기는." 난 재미로 던진 돌에 맞아 죽은 개구리 꼴이 됐다. 선생님조차 나를 확대해석해서 지레 겁먹고 예민하게 반응하는 겁쟁이로 생각하니까. 강박증과 불안장애가 하동철 패거리 때문에 생긴 것인지, 내 병 때문에 대수롭지 않은 장난에도 과민하게 반응하게 된 건지 나조차도 애매모호해졌다. 닭이 먼저인지 알이 먼저인지 따져 해답을 찾기도 전에 결과는 나의 완패로 끝났다.

하동철이 실실 웃으며 손을 내밀었다. "어쨌든 미안하게 됐다. 오해 풀고 이제 친하게 지내자." 피가 거꾸로 솟는 기분, 도저히 그 손을 맞잡을 수 없었다. 세상 사람 모두 나를 옹졸하다고 손가락질해도 아닌 건 아니다. 피해자와 가해자 사이에 오갈 수 있는 건 벌과 용서지, 화해가 아니다. 그 자리에 있던 하동철 패거리와 담임, 심지어 엄마까지, 내 편은 아무도 없었다. 보호와 위로를 받아야 할 난 철저히 소외되었다. 완벽한 무력감과 허탈함, 더 이상 버틸 기운이 남아 있지 않다. 이젠 책가방 메고 학교 다니는 척이라도 할 의욕조차 없다. 나도 나를 어찌할 수 없으니 정말 내 잘못이 아니다. 겁쟁이라고 손가락질해도, 도망친다고 비난해도 상관없다. 이 상태로는 아무것도 할 수 없으니까.

"좋아, 마지막 제안이야. 너 유학 가."

엄마가 준비한 마지막 카드, 내가 거부할 걸 알면서 저러는 의도는 뻔하다. 굳이 날 유학 보내겠다기보다는 내게서 항복을 받아내려는 심리적 전략이다. 역시 엄마는 내가 이렇게 나올 줄 예상하고 있었던 거다. 그렇다면 기꺼이 낚싯바늘을 물어주는 수밖에.

"창피해서 치워버리고 싶어요?"

"그래, 창피해! 자존심 상해 죽겠어. 손 놓고 널 이렇게 보고 있어야 되는 내가 한심해 미치겠어. 당신은 어때? 쟬 저렇게 계속 두고 볼 거야?"

"새 출발 한다고 생각해."

"엄마랑 아빠가 의견 일치 보는 것도 있으니 축하할 일이네요."

"초점 흐려서 빠져나갈 생각 하지 마."

엄마가 내 팔을 붙잡았다. 대답, 아니 항복하기 전에는 절대 놓지 않겠다는 단호함이 손아귀를 통해 전해졌다. 뿌리쳤지만 엄마는 오히려 더 억세게 움켜잡았다.

"얼른 대답해!"

이를 악 문 엄마의 얼굴에서 섬뜩한 광기마저 느껴진다. 빨리 엄마에게서 벗어나 내 방으로 돌아가고 싶다. 힘껏 뿌리쳐보지만 엄마는 내 팔에 온 체중을 실어 매달린 채 끌려온다. 소름이 돋는다. 엄마도 미친 게 틀림없다. 이 순간만큼은 엄마를 떼어내는 것이 내 인생의 절대 목표다. 나는 잡힌 팔을 휘두르며 다른 한 손으로 있는 힘을 다해 엄마를 밀쳤다. 엄마가 나가떨어지며 엉덩방아를 찧었고 그 반동으로 나는 벽 모서리에 어깨를 부딪쳤다. 어깨가 으스러질 것같이 아프다.

"밑바닥까지 갔구나!"

데스마스크처럼 굳은 아빠의 얼굴이 나를 막아섰다. 맞는 말이다. 인생 막장, 누가 봐도 난 패륜을 저지른 거다. 그냥 단순한 실랑이였다고 변명할 수가 없다. 내가 휘두른 주먹에 엄마가 다치든 말든 안중에도 없었으니까. 불과 몇 초 만에 나는 짐승으로 전락했다!

"얌전하고 착한 아이였는데…… 왜 이렇게 됐어…… 왜……."

엄마가 넋 나간 사람처럼 띄엄띄엄 들릴 듯 말 듯 웅얼거렸다. 조금 전까지 악다구니하던 모습은 온데간데없다. 뭐가 이래? 과장된 연기의 엄마, 도무지 감정 연기라곤 안 되는 아빠, 극의 흐름조차 모르는 얼간이인 나까지. 지독히도 연기를 못하는 세 배우가 무대에 내몰린 채 우왕좌왕하고 있는 꼴과 별 다를 바가 없다. 엄마 아빠는 오늘에야 머리 검은 짐승은 거두는 게 아니라던 할아버지의 불길한 예언을 기억해낼지 모른다. 이제 엄마는 실패를 인정해야 한다. 그리고 막을 내릴 때가 된 거다.

심장의 박동이 빨라진다. 불규칙하게 툭탁거리는 심장 소리가 점점 커진다. 심호흡을 해도 도무지 진정이 되지 않는다. 온몸이 부들부들 떨리고 목구멍이 꽉 막혀온다. 숨을 못 쉬겠다. 내가 왜 이러지? 온 세상이 빙빙 돈다. 시야가 깜깜하다.

"영래야, 정신 차려!"

엄마 아빠가 내 몸을 흔들며 소리친다. 그 어느 때보다 크고 또렷이 들린다. 그런데 대답을 할 수가 없다. 온몸이 막대기처럼 뻣뻣해져 손가락 하나 움직여지지 않는다. 이대로 죽을 것만 같다.

매일 아침 눈을 뜰 때마다 나는 간절히 바랐다. 내 인생을 통째로 리셋할 수 있기를. 드디어 소원이 이루어지려는가 보다. 그런데 너무 무섭다…….

일시 정지!

나는 이제 숨 가쁘게 달려온 18년의 가속에서 벗어나고 있다.

우연을 위한 장소

어김없이 12시 정각.

그가 왔다. 막대 사탕을 입에 물고 광부들이 갱도를 밝히느라 사용했음직한 케케묵은 머리등을 쓴 남자. 앞서거니 뒤서거니 산만하기 짝이 없는 꾀죄죄한 백구 한 마리가 그를 따른다. 휘파람 불며 뒷짐 지고 낭창낭창 걷다가 느닷없는 헤드 뱅잉에 듣도 보도 못한 노래를 불러대는 짓거리로 보아서는 정신줄 살짝 놓고 동네 구석구석을 헤매고 다니는, 그래서 나이라는 것이 별 의미 없어진 부류쯤으로 보인다.

아파트가 밀집해 있는 지역이지만 이 시간에 호수 공원을 찾는 이는 거의 없다. 경찰이 순찰을 한다고는 해도 공원 입구까지, 그나마 차에서 내리지도 않는다. 매일 고양이의 밥을 주러 오는 아줌마도 만남의 광장에 있는 자판기 옆 벤치에 잠시 앉았다 갈 뿐이다. 일주일에 한두 번 배드민턴을 치러 오는 남녀 역시 가로등이 유난히 밝은 놀이터 앞에서 놀다 가지 호수 근처에는 얼씬도 않는다. 가끔 호수 주위로 담뱃불이 보이거나 캔 맥주를 홀짝거리는 기척이 있긴 하지만 다 뜨내기다. 내가 호수 주위를 얼쩡거리는 한 시간 동안의 고정적인 방문객, 그러니까 나를 신경 쓰이게 하는 일정한 행동 패턴을 가진 사람은 딱 한 명이다.

미리 점찍어둔 나무둥치 뒤에 자리를 잡았다. 등 뒤로는 계곡이다. 어둠에 쌓인 계곡이 마치 거대한 괴물의 아가리 같다. 준비해 온 쌍안경을 꺼내 성가신 남자를 향해 초점을 맞추었다. 남자가 개의 앞발을 붙잡고 난리 블루스를 추고 있다. 고개를 잠시도 가만두지 않고 흔들어대는 통에 얼굴을 정면으로 잡을 수가 없다. 기필코 저 남자의 얼굴을 똑똑히 보고 말리라. 생뚱맞은 오기가 생긴다. 뒷발로 펄쩍펄쩍 뛰던 개가 지쳤는지 낑낑거린다.

미친 놈, 개가 힘들잖아!

남자가 개를 놓아주고 뛰기 시작했다. 개가 짖으며 따라 뛴다. 남자와 나 사이가 점점 가까워지고 있다. 호수 둘레는 650미터, 바닥에 50미터마다 흰색 페인트로 표시해 둔 걸 봐두었다. 어림짐작으로 그와 나 사이의 거리는 200미터 남짓 될까? 달리느라 남자의 머리등이 흘러내려 목에서 덜렁거린다. 동그란 불빛이 이리저리 흔들린다. 쌍안경 때문인지 아니면 머리등의 불빛 때문인지 눈이 어른거린다. 이제 쌍안경 따윈 필요 없는 거리다. 쌍안경을 움켜잡은 두 손이 땀으로 미끈거리고 등이 가렵다. 어느새 개가 남자를 앞질렀다.

"마아아암보오오, 맘보오오."

남자가 부르자 개가 잽싸게 방향을 틀어 다시 남자를 향해 뛴다. 남자가 걸음을 늦추고 헉헉거리며 숨을 몰아쉰다. 50미터, 30미터, 10미터…… 남자의 발걸음 소리, 헐떡거리는 개의 숨소리까지 들린다. 남자가 내게서 불과 몇 걸음 떨어지지 않은 거리에 이르자 갑자기 멈춰 섰다. 혹 내 존재를 알아챈 걸까? 나는 정물처럼 주저앉아 마른침만 삼킨다. 지금이라도 모습을 드러내고 어떤 액션을 취해야 하지는 않을까?

"꼭 꼭 숨어라 머리카락 보일라, 꼭 꼭 숨어라……."

남자가 나지막이 읊조렸다. 반복된 특유의 곡조가 아니었다면 알아듣지 못했을 정도로 속삭이듯. 이유는 모르겠지만 왠지 머릿속이 간질거린다. 그가 다리를 벌리고 서서 고개를 젖혀 하늘을 본다. 잠시도 가만있지 못하고 까불어대더니, 이런 모습은 좀 의외다.

청바지에 검정 후드 셔츠를 입은 차림새가 지극히 평범하다. 키는 나랑 비슷해 보이지만 깡마른 체구 때문인지 조금 왜소해 보인다. 남자가 흘러내린 머리등을 이마 위로 끌어 올리더니 가볍게 물구나무를 섰다. 얼마나 날렵한지 체조 선수라고 해도 믿겠다. 후드 셔츠가 가슴팍으로 흘러내려 허리가 드러났다. 이제 그의 얼굴은 완전히 어둠에 묻혀버리고 발만 보인다. 남자가 물구나무를 선 채 걷기 시작한다. 흔들흔들, 아슬아슬 나아간다. 용이 쓰여 더는 못 봐주겠다.

꽃잎이 손등 위에 호르르 떨어졌다. 이제 보니 벚꽃이 한창이다. 바닥에 점점이 내려앉은 여린 꽃잎과 검은 하늘을 배경으로 한 벚꽃이 소름 끼치게 창백하다. 난 지금 여기서 뭐 하고 있나? 평생 단 한 번도 행복하지 않았던 사람의 얼굴을 한 채. 내 꼴이 치가 떨리게 혐오스럽다.

술에 취해 호수에 뛰어들었던 남자의 행방은 여전히 오리무중이다. 신문의 사건 사고란을 모조리 검색했지만 호수 공원 자살 사건이나 실족사는 보도되지 않았다. 그렇다고 남자가 무사하다고 단정 지을 증거 또한 없다. 어쩌면 저 호수 한가운데 눈을 부릅뜬 채 가라앉아 있을지도 모를 일이다. 그래서 난 이 호수가 끔찍하게 무섭다. 하지만 참고 기다린다. 끊임없이 내 안의 비겁함과 이기심을 곱씹으며. 죽지 않았다면 언젠가는 다시 나타나겠지. 내 머릿속에 도사리고 앉은 남자를 몰아낼 방법은 단 하나, 그의 생존을 내 눈으로 확인하는 길뿐이다.

　오늘은 내가 늦었다. 성가신 남자와 개에게 장소 선점의 기회를 뺏겼다는 뜻이다. 둘의 눈에 띄지 않으려면 광장 사이로 난 길을 따라 올라가다 매점 뒤편으로 빙 돌아서 돌로 쌓아 올린 화단을 가로질러야 된다. 자판기에서 콜라가 그려진 버튼을 눌렀다. 덜커덕, 캔이 떨어지는 소리가 공원의 정적을 흔들었다 내려놓는다. 콜라를 홀짝거리며 천천히 걷는다. 바람이 분다. 구름에 가려 달은 보이지 않고 공기는 축축하고 차갑다. 이내 빗방울이 떨어지기 시작했다.

　호수 가장자리엔 바람에 떨어진 벚꽃과 사방오리나무의 꽃가루가 하얗게 무리 지어 떠 있다. 어제와는 또 다른 풍경이다. 쌍안경으로 호수 주위를 쓰윽 훑어본다. 예상과 달리 남자와 개의 모습은 보이지 않는다. 빗방울이 점점 굵어진다. 아무래도 쉽사리 그칠 것 같지 않다. 나도 오늘은 그냥 철수다.

　사거리에서 길을 건넜다. 집으로 가려면 왼쪽 모퉁이를 돌아 산책로를 따라가야 하지만 그냥 스쳐 지났다. 우산을 가져오지 않아서 다행이다. 한 번도 흠뻑 젖도록 비를 맞아본 기억이 없다. 비 맞으며 동네 한 바퀴를 산책하는 기분은 어떨까? 소심한 반항이 주는 쾌감이라니, 참 못났다. 어느새 빗물이 얼굴을 타고 흘러내리기 시작했다.

"꼭 꼭 숨어라…….."

차와 빗소리에 섞여 희미했지만 내가 잘못 들은 건 아니다. 분명히 귀에 익은 목소리인데 이리저리 둘러봐도 남자와 개의 모습은 보이지 않는다.

"머리카락 보일라…….."

이번엔 좀 더 선명하게 들린다. 방금 내가 지나온 사거리 건너편이다. 내 뒤를 따라왔나? 이상하다. 분명히 공원에서 못 봤는데. 그나저나 12시가 넘은 시간에, 그것도 사방이 아파트로 둘러싸인 곳에서 저렇게 고래고래 소리를 질러대다니. 공중도덕이라곤 쌈 싸먹은 인간이다. 게다가 랩도, 힙합도 아닌 하필이면 술래 노래를 입에 달고 다니는 건 또 뭐야. 오늘은 집을 나서면서부터 다짐했다. 기필코 남자의 존재에 관심 두지 않겠다고. 내 병력에 관음증까지 보태고 싶지는 않으니까. 그런데 왠지 또 슬슬 말려드는 기분이다. 남자의 노래가 점점 가까워진다. 얼른 뛰어가 문 닫은 상가 모퉁이에 숨었다. 채 1분도 지나지 않아 남자와 개가 나타났다. 둘 다 비에 흠뻑 젖은 꼴이다. 개는 물기를 털어내려 연신 부르르 몸을 털어댔다. 맘보랬지? 주인 잘못 만나 그야말로 개고생이구나. 남자가 나를 스쳐 지나 육교를 건너 버스 정류장 쪽으로 걸어갔다. 나도 어차피 그리 가려던 참이었다. 절대 남자를 쫓아가는 게 아니다.

　마주 오는 차의 전조등에 비친 빗줄기에 잠시 한눈을 판 사이 남자와 개가 시야에서 사라져버렸다. 분명 버스 정류장 부근에서 없어진 것 같은데 주변 아파트 입구는 지났고 정류장 옆 교회 건물엔 불이 꺼진 채다. 버스는 이미 끊겼고 비까지 내리니 지나는 사람은 더더욱 아무도 없다.

　개 짖는 소리다. 분명 남자의 개 맘보다. 그리 멀지 않은 곳에서 들린다. 소리의 방향을 찾아 두리번거리다 보니 교회 바로 옆에 유치원이 있고 그 사이로 겨우 한 사람이 지나다닐 수 있을 만한 쪽문이 있다. 닫혀 있어서 잠긴 것 같아 보이더니 밀어보니 소리도 없이 열린다. 그러고 보니 아예 자물쇠가 없다. 쪽문을 지나 계단을 내려오니 꽤 넓은 주차장이 나타났다. 교회 이름이 쓰인 승합차 몇 대가 서 있을 뿐 텅 비었다. 주차장 구석에 경비실인 듯 보이는 작은 건물에 불이 켜져 있다. 가장자리를 따라 살금살금 주차장을 빠져나왔다.

　큰길에서 불과 한 블록 뒤인데 풍경이 확연히 다르다. 우리 동네에 이런 곳이 있었나 싶게 의아하다. 일단 대로변이 아니니 조용하지만 이상하게 여긴 가로등이 없다. 물론 아파트도 없다. 거의 폐가 수준의 콘크리트 집 대여섯 채와 심지어 민속촌에서나 봄직한 기와집까지 있다. 그중 몇몇은 불이 켜져 있는 걸로 봐 사람들이 살고 있는가 보다.

　잠시 그쳤던 맘보의 낑낑대는 소리가 다시 들린다. 텃밭인지 잡초인지 풀이 무성한 넓은 공터 옆에 회색 패널로 높게 울타리를 친 곳에서 희미한 불빛이 새어 나온다. 마치 공사장의 안전 울타리와 비슷한 모양이다. 캄캄한 데다 비까지 내려 도대체 뭐 하는 곳인지 선뜻 감이 잡히지 않는다. 살금살금 다가가 가까이에서 보니 회색 패널은 온통 낙서투성이다. 핸드폰으로 낙서를 비추었다.

　개 조심, 달수 바보, 주차 금지, ㄱㅅㅎ♥ㅈㄷㅇ, 미선아 연락해라, 쓰레기 투기 금지, 고물섬

　고물섬? 여느 낙서와는 확실히 차별화되는 반듯한 글씨다. 혹 주인이 맞춤법에 약한가? 세로로 간격 맞춰 쓴 걸로 보아서는 간판 대신인 듯한데…… 그럼 그렇지. 자세히 보니 '섬'이란 글자만 고쳐 쓴 흔적이 있는 걸로 봐서 누군가 장난을 쳤나 보다. 그런데 나만 그런가? 이상하게 한 자씩 주의하여 읽지 않으면 고물상이 되었다 보물섬이 되었다 한다. 고, 물, 섬…… 머릿속 자동 인식 회로에서 이상 신호를 보내는 상당히 불편한 단어의 조합인 것만은 분명하다.

　울타리 패널과 문으로 보이는 커다란 한 짝의 패널 틈 사이로

빛이 새어 나온다. 바짝 붙어 서서 안을 들여다보았다. 정체 모를 더미들 사이로 둥근 불빛이 이리저리 정신없이 움직인다. 저건 남자의 머리등이다. 남자는 뻣뻣한 천막용 비닐로 수북이 쌓인 종이 더미를 덮고 타이어를 올려 고정시키고 있다. 남자는 일을 하면서도 계속해서 떠들어댄다.

"맘보야, 들어봐. 아무리 슬픈 일이 있어도 고물상에서는 눈물은 젖어도 폐지가 젖어서는 안 된다.* 크! 눈물은 젖어도 폐지가 젖어서는 안 된다. 이 부분이 죽이지 않냐?"

이거 왠지 김샌다. 폐지가 젖을까 봐 전전긍긍하는 모습이 평범하기 짝이 없다. 이제 보니 저 남자보다 내가 훨씬 또라이인 게 확실하다. 한밤중에 비를 쫄딱 맞으며 낯선 남자를 쫓아 여기까지 온 걸 보면. 머리부터 발끝까지 흠뻑 젖었다. 이가 딱딱 부딪힌다. 너무 춥다. 아! 따뜻한 물에 샤워하고 싶다. 집으로 가고픈 이유가 하나라도 생겼을 때 돌아가야 되는데.

휘이~휘, 휘파람 소리. 내가 좋아하던 만화 〈프란다스의 개〉 주제곡이다. 우유 수레를 끄는 파트라슈와 네로 대신 고물 리어카를 끄는 맘보와 남자를 대비하니 그림이 영 상큼하진 않다. 그래도 제법 들어줄 만하다. 휘파람 소리가 뚝 끊기더니 갑자기 패널로 된 출입문이 홱 열렸다.

---

* 박영희의 시 「고물상을 지나다」 부분.

"야!"

본능적으로 뛰기 시작했지만 내 맘대로 몸이 움직이지 않는다. 젖어서 뻣뻣해진 청바지는 다리를 붙잡고 늘어지고 신발은 질척거려 모래주머니를 매단 것 같다. 근데 죄를 지은 것도 아닌데 내가 왜 도망치고 있지?

"어, 어!"

갑자기 몸이 뒤로 획 쏠렸다. 맘보가 뛰어와 내 가방을 물고 늘어지더니 이어 남자가 멱살을 움켜잡았다.

"요놈, 딱 걸렸어!"

충격에 캑캑 기침만 나오고 입이 떨어지지 않는다. 남자의 번질거리는 눈이 바로 내 앞에 있다. 아, 진짜 제대로 재수 없는 날이다!

"이 도둑놈! 너 땜에 생고생한 걸 생각하면 그냥, 콱!"

도둑놈이라니! 남자의 거칠고 의기양양한 기운에 짓눌려 어리둥절 벌벌 떨고 있는 내 몰골이라니. 자 자, 진정하고 사태 파악하자.

"이거 놓고 말하세요."

"어디서 잔머리야. 이번엔 절대 안 놓쳐, 이 도둑놈아!"

"생사람 잡지 마요. 사람 잘못 봤다고요."

"오리발이란 말이지? 좋아, 경찰서로 가!"

"에이 씨, 이 아저씨가 정말!"

내 멱살을 틀어쥔 남자의 주먹을 잡았다. 뿌리치려 해도 꼼짝하지 않는다. 도저히 힘으론 상대가 되지 않는다. 게다가 맘보란 놈이 이빨을 드러내고 으르렁거리고 있다. 주위를 둘러봐도 도움을 청할 사람은커녕 지나가는 쥐새끼 한 마리도 없다.

"뭔가 오해를 한 모양인데……."

"오해? 봐, 얘가 너라고 하잖아."

남자가 턱 끝으로 맘보를 가리켰다. 맘보는 남자의 말 한마디면 금방이라도 달려들어 물어뜯을 기세다.

"나 아니야, 아니라고! 저깟 똥개가 뭘 안다고."

"뭐, 똥개?"

"아 아니, 똥개 아니고 맘보."

"와, 이놈 봐! 우리 맘보 이름까지 알고 있네. 너 오늘은 맘보까지 훔치려고 온 거지?"

"말도 안 돼! 내가 뭐하려고 당신 개를 훔쳐?"

"인마, 아무리 발뺌해도 소용없어. 이젠 넌 절대 빠져나가지 못해."

남자가 한쪽 입꼬리를 치켜 올리며 비열하게 웃는다. 아, 내 인생은 정말 왜 이렇게 사사건건 꼬이기만 하는지 모르겠다.

접근 금지

퀴퀴하고 비릿한 쇳내와 쌓아 올린 고물로 꽉 막힌 시야. 어느 모로 보나 불온한 공간이다. 선뜻 발을 들여놓기 꺼려지는. 야적장 구석에 있는 자주색 컨테이너의 문 앞에는 운동화 한 켤레와 삼선 슬리퍼 몇 짝이 가지런히 놓였고 네모난 작은 창으론 창백한 형광 등의 빛이 새어 나온다. 컨테이너 옆으로 커다란 저울과 압축기가 자리 잡고 있는데, 이를 기준으로 오른편으로는 드럼통과 텔레비 전, 모니터와 컴퓨터, 밥솥에서부터 라디오까지, 가지각색의 전자 제품 더미와 맥주병과 소주병을 분류해서 꽂아놓은 플라스틱 통 이 족히 키 높이만큼 쌓였다. 금방이라도 와르르 쏟아질 듯 아슬 아슬하다. 반대편에는 단단히 묶은 커다란 블록 모양의 폐지 더미와 둥글게 말아놓은 비닐 장판들, 온갖 종류의 고철이 뒤엉켜 쌓여 있고 몇 대의 손수레와 리어카 등 잡동사니로 야적장은 빈 곳 없이 빼곡하다.

"넌 초보니까 이거 가지고 해."

남자가 연장을 내밀었다. 니퍼처럼 생겼는데 칼날이 달려 있다.

"전선 피복 제거기라는 거야. 자아, 전선을 이렇게 잡고 앞날로 껍질을 조금 째서 죽 잡아당기면서 벗겨. 장어 껍질 벗기는 거랑 비슷하지."

잘난 척하기는. 잘 구워진 장어가 내 입에 들어올 때나 봤지 껍질 벗기는 걸 어디서 봤겠어? 이래 봬도 난 귀하게 큰 몸이라고.

"할 수 있겠나?"

그래, 할 수 있다. 섬세한 로봇도 조립하는데 이까짓 단순한 일쯤은 눈 감고도 해.

"야, 좋은 말로 할 때 고분고분 말 들어라. 내가 사장한테 사실대로 꼬났으면 넌 끝이야. 콩밥 좀 먹어야 마땅한데 어리버리한 게 불쌍해서 봐줬더니만 어디 인상 팍팍 쓰면서 성질 피우냐?"

참 미칠 노릇이다. 지금이라도 시시비비 가려서 저걸 무고죄로 교도소에 팍 처박아버리면 속이 시원하겠다.

"넌 죄질이 아주 나빠. 네가 훔친 건 그냥 물건이 아니고 고물이야 고물. 시적으로 표현하자면 벼랑 끝 고단한 노동을 훔친 거라고

나 할까? 그러니까 네가 훔쳐 간 전선이랑 파이프 값만큼 몸으로 때워. 네 학생증이 내 손에 있으니 슬그머니 꽁무니 뺄 생각일랑 말고. 야자 끝나는 10시부터 12시까지 여기 와서 일해. 알았냐?"

젠장, 제발 그만 떠들고 입 좀 다물어. 왜 옆에 붙어서 계속 떠들어대는지 모르겠다. 목소리는 또 얼마나 큰지 정말 성가셔죽겠다. 신경이 곤두서니 두통에 눈꺼풀까지 떨려 도무지 일에 집중이 되지 않는다.

"자식이 계속 내 말을 씹네. 너 왜 대답 안 하냐?"

"아저씨는 일 안 해요?"

"해 뜨면 일 시작하고 해 지면 일 끝내는 게 고물상의 근무 수칙이다. 순전히 너 때문에 나의 여가 시간을 방해받고 있는 거야. 그리고 그 아저씨란 호칭은 듣기 싫으니까 그냥 형이라고 해."

내가 왜 널 형이라고 해? 듣자 하니 아주 진상을 떤다. 호주머니에서 엠피스리를 꺼냈다. 이 정도면 눈치껏 입을 다물겠지 했는데 천만에다.

"규칙1, 작업 중에는 휴대폰과 엠피스리 사용 금지. 규칙2, 질문에 즉시 대답. 규칙3, 작업 시간 엄수. 규칙4, 게으름 피우지 않기. 규칙5, 에 또……."

"규칙5, 잡담 금지."

"그건 아니지. 규칙5, 모든 규칙은 나 오봉호가 정하고 너 이영래가 지킨다. 고로 무조건 복종. 이상!"

복종 좋아하네. 군대놀이 하냐? 유치하고 덜 떨어진 놈, 고물상에서 잡일이나 하는 주제에 잘난 척은. 하긴 끽소리 못하고 시키는 대로 하고 있는 난 더 한심한 놈이지.

"그 작업 끝나면 폐지 정리해. 저기 있는 신문지 사이에서 광고지 빼서 따로 모으고 종이 팩, 포장지, 사무용지, 골판지 다 구분해서 압축기로 묶기 편하게 반듯하게 펴. 책은 여기 따로 빼놓고."

내가 콩쥐냐? 날밤을 새워도 다 못할 일감을 주고선 재촉이라니. 벌써 손이 베이고 물집이 잡혔는데.

"퉁퉁 부은 얼굴 그만하고 하는 일에 의미를 부여해봐. 예를 들어 여기 이 복사지는 화장지와 인쇄용지로 재활용돼. 근데 이렇게 마구 섞여 있으면 재활용이 어려울 뿐 아니라 재활용된 제품의 질도 떨어진단 말이야. 재활용된 종이 1톤은 나무 17그루, 물 28톤, 전력 4200킬로와트의 절감 효과가 있지. 넌 지금 자원을 아끼고 이산화탄소 배출량을 줄여 지구온난화를 늦추는 데 일조하고 있는 거야."

쳇, 그깟 투철한 직업의식에 감탄할 생각일랑 없으니 관둬라. 딸랑 숫자 몇 개 외워서 환경보호론자인 양 떠들어대는 꼴이라니, 역겹다. 쓸데없는 오지랖 펴지 말고 네 앞가림이나 잘하시지.

"저기 저 리어카 보이지? 저 리어카는 옆집 살던 진 씨 할아버지 건데 말이야, 아, 지금은 아들네 아파트로 들어가셔서 여기 두고 다니시지. 저 리어카에 폐지를 가득 실으면 100킬로그램쯤 돼. 그 정도 무게면 하루 종일 일해야 하는 상당한 양이지만 손에 쥐는 돈은 채 5000원도 안 될 때가 많다고. 그나마 경쟁이 치열해서 폐지 모으기도 만만찮은 데다 값은 계속 떨어지니 나오느니 한숨에 신세타령이지. 그런데 그렇게 모은 고물을 훔쳐 가는 비양심적인 놈들이 있다는 거 아니냐."

"에이 씨, 왜 날 봐요? 난 진짜 아니라니까!"

"얼마 전부터 누군가 고물상 주위를 얼쩡거리는 느낌이 딱 들더라고. 아니나 다를까, 돈 되는 구리하고 알루미늄 같은 비철류만 몽땅 없어졌지. 그것도 일주일을 모아서 중간상이 실어 가기 바로 전날 말이야. 아주 치밀한 놈이지. 어때?"

"난 지나가다 구경만 했을 뿐이라고요."

"한밤중에 비를 쫄딱 맞고 고물을 구경했다? 변명도 그럴듯하게 해야 믿어주지. 그럼 네 가방 안에 있던 그 쌍안경의 용도는 뭐냐?"

"그건 그냥…… 내 취미요. 야경 찍는 거. 쌍안경으로 죽 둘러보다가 좋은 풍경 있으면 봐뒀다 찍으니까."

"좋아, 그럼 사진 찍은 거 보여줘 봐."

오봉호가 내 가방을 집어 들었다. 몸을 날려 오봉호의 손에서 가방을 낚아챘다.

"손대지 마요."

"자식, 그러니까 빤한 거짓말을 왜 해? 원래 숨기려고 자꾸 덮다 보면 더 불거져 보이는 법이야. 그냥 탁 털어놓고 맘 편히 일해서 죗값을 치러."

내 결백을 증명한답시고 경찰서까지 갔으면 보나마나 엄마 아빠가 알게 될 테고, 구구절절 시시콜콜 해명한들 믿어주지 않았겠지. 원래 어른들은 그들이 믿고 싶은 것만 믿으니까. 그러니 차라리 고물 도둑 누명을 쓰는 편이 속 편하다. 억울한 분노보다 이해받지 못하는 슬픔이 더 치명적이라는 걸 난 너무 일찍 알아버렸다. 그런 이유로 난 붕어빵을 먹지 않는다. 아니, 먹을 수가 없다.

"엄마, 이거 봐. 붕어빵이야!"

"웬 거야?"

"샀어. 엄마 먹어."

"돈이 어디서 나서?"

"학교에서 오다가 주웠어."

갑자기 엄마가 양손으로 내 팔을 꽉 잡고 무섭게 노려보았다.

"엄마 눈 똑바로 보고 뭘 잘못했는지 말해 봐."

"난 잘못 안 했어."

"착한 아이는 돈을 주우면 어떻게 하지?"

"난 착해…… 으앙."

"뭘 잘했다고 울어? 뚝 해!"

숨을 크게 쉬고 눈을 비벼도 자꾸 제멋대로 눈물이 흘렀다. 참으려고 안간힘을 쓰니 입에서 끽끽 이상한 소리까지 났다. 엄마는 내가 우는 걸 싫어하는데, 울면 엄마가 더 화낼 텐데. 붕어빵이 든 봉지가 바닥에 아무렇게나 떨어졌다……. 경찰 아저씨가 그랬다. "착하네. 그냥 너 가져." 그리고 어서 받으라는 듯이 고개를 끄덕이며 재촉까지 했다. 경찰 아저씨가 허리에 손을 짚으니 허리춤에 찬 검은 권총에 아저씨의 손끝이 닿을락 말락 했다. 아저씨가 "으이고, 오늘따라 왜 이리 바쁘냐"고 중얼거렸다. 난 얼떨결에 손을 내밀었다. 돈의 주인을 찾아달라고 자꾸 조르면 아저씨가 싫어할 것 같아서다. 내가 돈을 받자 아저씨가 내 머리를 쓰다듬어주고는 경찰서로 들어갔다.

난 칭찬을 받고 천 원이 생겼다. 나는 천 원을 꼭 쥐고 문방구 앞 포장마차로 갔다.

"붕어빵 주세요. 우리 엄마랑 먹을 거예요."

"엄마가 좋아하겠네. 착해서 아줌마가 한 개 더 끼워줄게."

하얀 종이봉지에 따끈따끈한 붕어빵이 여섯 개. 엄마가 퇴근할 때까지 절대 먹지 말고 기다려야지……. 그런데 엄마는 내가 내민

붕어빵은 거들떠보지도 않고 화를 냈다. 차갑게 식어버린 붕어빵 때문에 속상해서 자꾸 눈물이 났다.

　오봉호는 사탕을 달고 산다. 오늘은 내 입에까지 막대 사탕을 들이밀었다. 연두색 사탕에서 달콤한 사과 향이 난다. 오봉호가 사탕 하나를 더 까서 자기 입에 넣고는 막대를 뱅뱅 돌렸다.
　"어때?"
　"난 사탕 싫어해."
　"이상하네, 난 좋아하는데. 아, 내 말은 달달한 게 몸에는 나쁠지 모르지만 일단 기분은 좋아지잖아. 시적 표현을 빌리면 때론 위로가 된다, 뭐 그런."
　사탕 따위에 위로 운운하는 오봉호나 사탕=충치로 머릿속에 각인돼버려 죄의식 없이 달콤함조차 느낄 수 없는 나나 참 피곤한 인생이다. 신경질적으로 사탕을 아작아작 깨물었다.
　"인마, 사탕은 녹여 먹어야 돼. 혀가 베일 듯 얇고 날카로운 조각이 될 때까지, 아주 천천히."
　까짓 사탕 한 알 먹을 때조차 간섭이다. 엄마는 입속에 사탕을 오래 넣고 있으면 충치 생기니까 꼭 깨 먹어야 한다고 했다. 엄마나 오봉호나 짜증 나긴 마찬가지다.
　오봉호가 폐지 블록 위에 앉아 머리등의 빛을 내 얼굴에 조준한 채 고개를 빙빙 돌린다. 저놈의 머리등! 치우라고 손짓을 해도 도무지 들어먹질 않는다. 하지 말라면 짓궂게 더 한다. 귀찮고 무거울 텐데 죽자고 쓰고 있는 이유를 모르겠다. 때문에 난 아직 한 번도 오봉호의 얼굴을 제대로 본 적이 없다. 머리등의 빛 때문에 얼굴에 그늘이 져서 잘 보이지 않기 때문이다.

"넌 배우고 난 감독 겸 관객, 우린 이제 모노드라마를 찍을 거야."

조그만 조명이 얼굴만 비추었을 뿐인데 마치 내장까지 다 드러낸 기분이다.

"자기소개, 큐!"

"미친……."

"엔지! 야, 똑바로 해. 다시, 큐."

"장난 그만하지?"

"좋아, 그럼 인터뷰로 하자. 내 질문에 성실하게 대답해. 형제나 남매가 있습니까?"

"……."

"부모님과의 사이는 어떻습니까?"

"……."

내가 엄마를 밀어 쓰러뜨리고 처음으로 공황 발작을 일으킨 그날 이후, 우리 가족은 서서히 자멸 중이다. 엄마의 표현을 빌리면 난 일시적 학업 중단자가 되었고, 엄마는 더 이상 나로 인해 상처 받지 않겠다는 단호함을 온몸으로 보여주고 있다. 냉정을 잃지 않는 표정, 걱정과 안쓰러움을 일시에 걷어낸 듯 사무적인 목소리와 지극히 일상적인 모습으로. 더불어 나를 위해 차려진 식탁도 사라졌다. 대신 빵, 시리얼, 라면, 과자 같은 패스트푸드로 끼니를 대신한다. 나도 꾸역꾸역 배를 채울 만큼의 철면피는 되고 싶지 않으니 뭐 그다지 나쁘지 않다. 바닥나기 전에 채워지는 나의 양식은 엄마 스스로가 허용하는 최대한의 관심과 애정의 표현일 테니까. 아빠의 귀가 시간은 더욱 늦어졌고 들어오지 않는 날이 잦아졌다. 그날의 일을 함구함으로써 자신들의 순수한 애정을 의심하고 흠집 낸 나를 벌주려는 의도이겠지.

"좋아하는 음식은?"

"……."

"취미는?"

"……."

"에이, 더럽게 재미없는 놈!"

"……."

"너 친구 하나도 없지? 하긴 너처럼 재수 없고 싸가지 없는 놈하고 누가 어울리려고 하겠냐. 왕따나 안 당하면 그나마 다행이지. 내 말 맞지?"

오봉호가 실실 웃으며 코앞에 얼굴을 바짝 들이밀었다. 내가 호락호락하게 제 장난질에 걸려들지 않으니 지금 날 의도적으로 부추기고 있다. 흥분하지 말고 침착하자. 없는 죄도 뒤집어씌우는 놈인데 괜히 말려들었다가 또 무슨 일을 당할지 모른다. 도대체 녀석이 원하는 게 뭔지 헷갈린다. 세상 물정에 어두운 사람들 잡아다 섬에 가두고 평생 새우잡이 배에 태운다는 인신매매단? 아니다, 그렇다면 벌써 어디론가 끌려갔겠지.

뭐가 됐든 내가 해야 할 일은 경찰서에 끌려가는 걸 모면하려 내 손으로 내어준 학생증을 최대한 빠른 시간 내 다시 찾는 거다. 학생증은 더 이상 내게는 의미 없는 물건이긴 하지만, 만약 오봉호가 학교로 날 찾으러 가는 날엔 영락없는 고물 도둑으로 소문이 쫙 돌 게 분명하다.

학교를 떠나는 나를 향해 하동철이 던진 마지막 말을 똑똑히 기억한다. "설마 우리 때문은 아니지?" 그 순간 내가 완전히 미쳐버렸으면 하고 간절히 바랐다. 영화에서처럼 야구방망이로 교실의 유리창을 모조리 박살 내버렸으면, 옥상으로 불러내 피투성이가 되도록 실컷 패줬으면. 하지만 나는 이를 악물고 겨우 한마디 했을 뿐이다. "물론." 내 대답을 들었는지 못 들었는지, 어쩌면 내 대답 따윈 어째도 상관없다는 듯 놈들은 시시덕거리며 복도 끝으로 사라졌다. 그래, 그들에게 또다시 웃음거리가 될 수는 없다.

"이거 봐, 병신같이 화도 못 내잖아."

오봉호, 실컷 비웃어라. 말끝마다 되지도 않은 시구절을 읊어대며 거들먹거리지만, 넌 날 궁지에 몰고 재미있어하는 하동철 패거리랑 하나 다를 거 없는 악질이다. 너희 같은 단세포들이 원하는 건 오직 하나지. 내가 발끈해서 반응하는 것. 하지만 난 같은 실수를 반복하지는 않을 거다. 절대로.

탄성한계

자전거를 끌어냈다. 오래전부터 창고에 박혀 있던 자전거 중 하나다. 먼지투성이에다 바람 빠진 바퀴하며 누가 봐도 영락없는 고물이다. 아무도 안 볼 때 미리 13층과 14층 사이의 계단참에 자전거를 내다 놓았다. 남의 거를 훔치는 것도 아닌데 괜히 가슴이 벌렁거린다. 더 큰 문제는 어떻게 자전거를 가지고 가냐는 거다.

모자를 푹 눌러쓰고 철 지난 가죽 장갑까지 준비했다. 바람 빠진 바퀴가 잘 구르지 않으니 완전히 중노동이다. 땀이 나고 어깨가 아파 죽겠는데 지나는 사람들의 눈총까지 신경 쓰려니 짜증이 밀려온다. 앞에서 걸어오던 여학생이 힐끔거린다. 남의 일에 신경 끄시지? 아무래도 이대로는 안 되겠다. 인적이 뜸한 산책로에 이르러 슬쩍 자전거에 올라타본다. 제길, 서툰 실력에다 바퀴까지 이 모양인데 제대로 굴러갈 리가 없지. 하마터면 넘어져 바닥에 얼굴을 갈 뻔했다.

열여덟 살이나 먹은 남자가, 신체적 장애를 가진 것도 아닌데 자전거 앞에서 머뭇거린다면 누가 곧이 믿을까? 하지만 세상의 모든 남자아이들이 바퀴 달린 것에 열광하라는 법은 없다. 한마디로 나는 스피드가 싫다. 손끝 발끝이 쩌릿쩌릿, 가슴이 서늘하다 못해 오그라들 것 같다. 초등학교에 입학할 때까지도 자전거의 보조 바퀴를 떼지 못해 사촌들의 놀림감이 되었으니까. 생일 선물로 받은 롤러블레이드도 넘어지기만 하다 결국엔 창고에 처박히는 신세가 됐다. 롤러블레이드를 타는 것보다 퍼즐 맞추기가 좋았고, 또래 아이들이 자전거를 타고 어울려 다니는 동안 나는 혼자 레고를 쌓아 집을 짓고 마을을 만드는 게 좋았다. 아빠가 나와 함께 산악자전거를 타고 동네 뒷산을 달리는 희망을 버리는 데 어언 십여 년이 걸렸다. 어쩌면 아빠가 새 자전거를 안겨줄 때마다 난 점점 더 자전거에서 멀어지고 있었는지도 모르겠다. 강요하니 싫어졌고 즐기지 않으니 서툴밖에.

교회 옆 쪽문을 지나는데 벌써 맘보의 짖는 소리가 들린다. 내가 가고 있다는 걸 맘보는 알고 있다. 오봉호는 맘보가 날 도둑으로 지목했다는 둥 되지도 않는 말로 우겨댔지만 난 맘보에게 나쁜 감정 따윈 없다. 날 온몸으로 반겨주는 데다 사람이 아니니 더욱이 경계할 필요가 없다.

"5분 18초 늦었다. 규칙3, 시간 엄수. 잊어버렸냐?"

오봉호가 뭐라던 말던 끌고 온 자전거를 오봉호의 손에 넘겨주었다. 얼떨결에 핸들을 넘겨 잡은 오봉호가 자전거의 바퀴를 발로 툭툭 찼다.

"이걸 뭐 어쩌라고?"

"얼마나 할까?"

"고물로 팔겠다는 말이야?"

"가격이 맞으면."

"천 원."

미친, 이게 얼마짜린데!

"왜, 실망했냐? 자고로 고물은 과거를 묻지 않는 법. 상표가 뭐든, 얼마에 샀든지 간에 여기서는 오로지 무게로만 값어치가 매겨지지. 하나 더, 좋은 고물이란 금속을 수거할 수 있도록 분해가 쉬워야 한다는 것. 그런 면에서 자전거는 고물로는 꽝이지. 고철 값보다 처리 비용이 더 든단 말이야."

오봉호가 날 상대로 사기를 치고 있는 게 분명하다. 하긴 그러고도 남을 놈이지. 더 이상은 놈의 꼼수에 넘어가지 않을 거다. 비굴하게 천 원을 받느니 그냥 버리고 만다. 오봉호의 손에서 자전거의 핸들을 낚아챘다.

"어허, 다른 방법도 있는데 가르쳐줄까?"

흥정하자고? 내 그럴 줄 알았다. 가만있어도 제 입으로 떠들어 댈 테니 이럴 때는 시간을 끌어야 한다. 아니나 다를까 혼자서 묻고 대답하고 자동 플레이된다.

"자전거포에 팔거나 바람 넣고 닦고 조여서 인터넷 중고 장터에 내놓거나. 부탁하면 바람은 내가 넣어줄 수도 있는데, 어때?"

"왜?"

"왜라니?"

"원하는 게 뭐냐고. 반반?"

"내 참, 별 지질한 놈 다 봤네. 남의 친절을 고따위로밖에 해석 못하냐? 관둬라 관둬."

그래, 관두자. 내가 오늘은 진짜 미쳤었나 보다. 아니면 그깟 몇 푼 벌자고 낑낑거리며 고물 자전거를 끌고 올 생각을 했을 리가 없다. 이게 다 엄마 때문이다. 용돈이 끊긴 지 벌써 두 달째니까. 처음에는 모아둔 돈이 좀 있는 데다 외출은 거의 하지 않으니 굳이 돈이 필요할 것 같지도 않았기에 엄마의 일방적 처사에도 담담했다. 하지만 이젠 정말 곤란하다. 플라스틱 조립 모델과 게임 아이템을 사느라 빈털터리 신세가 된 지 오래다. G3를 마지막으로 더 이상 신상 프라 모델을 살 수도 없고 목이 말라도 콜라 한잔 사마실 돈이 없다. 왜 우리 집에는 그 흔한 돼지 저금통 하나 없는 지! 하지만 아무리 돈이 궁해도 자존심까지 내팽개칠 수는 없지. 자전거를 고철 더미로 끌고 가서 보란 듯이 내동댕이쳐버렸다.

"천 원 너 가져."

"혹시, 너 그 자전거 훔친 거 아냐?"

고물 도둑에, 개 도둑에 이어 이젠 자전거 도둑! 내팽개친 자 전거를 다시 일으켜 오봉호 앞으로 끌고 갔다. 그리고 노란 프레 임에 쓰인 이름을 가리켰다. 오래되어 군데군데 벗겨지긴 했지만 '이영래'라고 쓰인 굵직한 글자를 알아볼 수는 있을 정도다.

"똑똑히 보라고!"

"좋아, 인정."

"사과해."

"쳇, 사과는 무슨. 전과가 있으니 당연히 의심을 받지. 억울해도 어쩌겠냐? 세상이 다 그런걸."

흥분한 심장이 쿵쾅거린다. 가라앉히려 억지로 마른기침을 뱉 었다. 오봉호 앞에서 발작을 일으켜 추한 모습을 보이고 싶지 않 다. 분위기 파악 못한 맘보가 꼬리를 치며 주위를 뱅뱅 돈다. 따뜻 하고 축축한 것이 손등에 닿았다. 주먹 쥔 내 손을 맘보가 핥고 있 다. 그래, 까짓! 어차피 억울한 인생인걸 뭐.

내가 등 돌리고 작업하는 내내 오봉호는 자전거와 씨름 중이다.

호기롭게 버린다고 말한 이상 더 이상 저 자전거는 내 것이 아니다. 그러니 고치든 부수든 아는 내색 할 수 없어 못내 모른 척했을 뿐이다.

"내가 손 좀 봤으니까 가져가라."

오봉호가 손짓한 마당 구석에 자전거가 서 있다. 바퀴도 빵빵하고 먼지도 말끔히 닦아놓으니 새 자전거라 해도 되겠다. 그렇다고 달라질 건 없다.

"이미 버렸어."

"멀쩡한 걸 왜 버려!"

"그냥, 싫증나고 귀찮아서."

"되지도 않는 허세 부리지 말고 좋은 말로 할 때 가져가."

"관심 끄시죠."

"그래, 그만하자. 나도 너 같은 놈 잡고 시간 낭비하기 싫다. 꺼져!"

오봉호가 머리등을 빼서 바닥에 내동댕이치며 식식댔다. 내가 좀 깐죽대긴 했지만 너무 오버하니까 오히려 황당하다. 그래도 이참에 저 성가신 동그란 불빛에서 해방되도록 머리등이나 아예 못 쓰게 망가져버렸으면 좋겠다. 덕분에 그동안 머리등에 가려졌던 오봉호의 이마와 이목구비가 고스란히 드러났다. 특별히 잘난 곳도 꼭 집어 못난 곳도 없는 지극히 평범한 얼굴이지만 약간 돌출된 입 때문인지 썩 세련된 이미지는 아니다. 뻐드렁니 때문에 고민 꽤나 되겠다. 지금이야 치아 교정 덕택에 옛일이 되었지만 나도 한때는 거울조차 보기 싫어했으니까. 그래서 그런가? 어쩐지 저 얼굴 참 낯익다.

"야, 이영래!"

나를 부르는 익숙한 목소리다. 모른 척해야 하는데 반사적으로 고개를 돌려버렸다. 버스 창문으로 머리를 내밀고 있는 녀석과 눈이 마주쳤다. 최준태, 하동철의 패거리 중 한 명이다.

"오랜만이다. 너……."

최준태의 말이 미처 끝나기도 전에 버스가 출발했다. 녀석이 굳이 창밖으로 손을 내밀어 흔들어댄다. 젠장, 다른 사람들이 보면 꽤나 살가운 사이라고 오해하겠다. 피차 얼굴 대하기조차 껄끄러운 사이가 분명한데 왜 새삼스럽게 아는 척인지. 느낌이 개운치 않다. 그나마 학교라는 최소한의 방어선까지 없으니 심심풀이 희생양을 찾아 헤매는 하이에나 같은 녀석들이 날 상대로 또 무슨 장난질을 칠지 모를 일이다. 오늘은 최준태 한 명이지만 내일은 패거리가 떼로 몰려올지도. 불안해서 일이 손에 잡히지 않는다. 만약을 위해 방어책이 필요하다.

며칠째 부슬부슬, 오락가락 내리던 비가 어제부터 작정한 듯 쏟아진다. 번개와 천둥까지 동반하고서. 한동안 뜸하던 악몽이 다시 찾아왔다. 무엇에 쫓기고 있는지도 모른 채 달리고 또 달려봐도 매번 그 자리, 다리는 왜 그렇게 무거운지 천근만근 움직이려 하지 않았다. 혀가 말려들어갈 듯 타는 목마름과 헉헉거리는 가쁜 숨, 더운 열기가 아직 발바닥에서 느껴지는 듯하다.

나를 흔들어대는 혼란과 불안의 정체는 여전히 오리무중이고, 앞만 보고 달리던 열차에서 몸을 던져 뛰어내리던 순간의 비장함은 게으른 일상 속에 희석되어갈 뿐이다. 새벽 4시, 일어나기엔 너무 이른데 아무리 뒤척여도 잠이 오지 않는다.

안방 문이 활짝 열려 있고 식탁엔 불이 켜진 채다. 엄마가 이런 꼭두새벽에 출근할 리가 없는데, 이상하다. 화장실에 가는 척하며 슬쩍 안방을 들여다본다. 엄마가 침대에 엎드려 있다. 잠옷도 아닌 입은 옷에 이불은 고사하고 베개조차 베지 않은 채다. 엄마답지 않게 흐트러진 모습이 어쩐지 불안하다. 발소리를 죽여 살금살금 다가갔다. 침대 발치에 이르러서야 엄마의 숨소리가 들린다. 등이 규칙적으로 들썩이는 걸 보니 잠이 든 거다. 뒷걸음질쳐 방을 빠져나와 조용히 문을 닫았다.

불을 끄려다 보니 식탁 주위가 어수선하다. 뚜껑이 열린 양주병과 술잔, 식탁 아래위 여기저기 구겨져 뒹구는 휴지, 삐딱하게 놓인 의자가 잠들기 전 엄마의 행적을 말해주고 있다. 나 때문만은 아닐 테지. 아빠는 닷새째 부재중이다. 전에는 고작해야 하루 이틀이었는데. 어느 모로 보나 엄마가 그토록 원하는 완벽한 가정은 아니다.

위풍당당하게 장식장의 가운데 칸을 차지하고 있던 파란색 도자기 병이 식탁 위에 있다. 아빠가 무척 아끼는 발렌타인 21년산이다. 포도주를 즐기는 엄마가 오늘따라 왜 이 독한 위스키를 선택했을까? 아빠에 대한 소심한 복수인지, 아니면 지독히 취해서 정신을 잃고 싶을 만큼 괴로웠는지, 그 또한 아니면 비 오는 새벽에 어울리는 술이라서 선택했는지, 어쩌면 셋 다일지도 모르겠다. 중요한 건 지금 그 술이 무방비 상태로 내 앞에 있다는 거다. 내게 내려진 수많은 금기 가운데 하나를 깨뜨릴 완벽한 조건이다. 병을 끌어당기는 손끝이 간질거린다. 병째로 한 모금을 삼켰다. 목구멍이 타는 듯 찌르르한 전율과 함께 독한 알코올 향에 숨이 턱 막힌다. 한 번 더, 더…… 온몸이 후끈거린다. 바닥이 출렁대고 벽이 빙글빙글 돈다. 내 방으로 가려는데 어디가 어딘지를 모르겠다.

"난 정말 최선을 다 했어……."

아득히 먼 곳에서 울리는 메아리 같은 슬픈 목소리다. 또 꿈이겠지? 악몽이 아니라 다행이다. 가위에 눌린 것처럼 손끝 하나 까딱할 수 없는데 신기하게 귀만 살아 애타게 목소리를 기다린다.

"끔찍해…… 왜 모두 내 탓이라고 하는 거야……."

목소리는 어느새 분노에 차 음울하게 변했다. 눈을 뜨고 정신을 차려야 하는데 지독한 두통이 의식을 잡고 놓아주지 않는다. 이 고통에서 도망칠 수 있다면 영원히 잠든다 해도 상관없을 것 같다. 수면 상태가 분명한데 주체할 수 없이 졸음이 쏟아진다.

마치 악마의 주술처럼 목소리가 내 귀에 대고 낮게 속삭였다. 아무래도 얘한테 문제가 있는 것 같아……. 온몸 구석구석 소름이 돋는다. 난 나쁘게 태어났어, 나쁘게 태어났어, 나쁘게…….

레드 썬!

마치 최면에서 깨어난 것처럼 내 의식과는 상관없이 눈이 떠졌다. 얼굴이 온통 눈물범벅이다. 뻣뻣한 상반신을 일으켜 주위를 둘러본다. 망막에 초점이 잡히지 않는 건지 모든 영상이 빠르게 스쳐 지나갈 뿐이다. 머리를 가로 흔들어 정신을 차리려고 애써보지만 여전히 멍한 상태다. 흡사 의식 없이 몸만 살아서 움직이는 기분이다. 입안이 끈적끈적하니 텁텁하고 불쾌하다. 물! 물이 마시고 싶다. 물이라는 단 하나의 이유가 날 움직이게 한다. 몸 마디마디에 납추가 매달린 듯 무겁다. 난 전생에 낙타였던 게 틀림없다. 동물적인 감각으로 몸이 알아서 물을 찾아가는 게 신기하다. 차가운 물 두 잔을 연거푸 들이켰다.

비가 그쳤고 이미 창밖은 훤하게 밝았다. 식탁은 깨끗하고 안방은 텅 비었다. 단정하게 정돈된 침대 어디에서도 취해 잠들어 있던 엄마의 흔적을 찾을 수 없다. 나만 빼고 여느 때와 다름없는 아침이다.

속이 쓰리고 배가 살살 아파온다. 화장실에 들락거리길 30분, 이제 더 나올 것도 없는데 복통이 좀체 수그러들지 않는다. 빈속에 독한 술을 들이부었으니 탈이 날 만도 하지. 인상 구기고 변기에 앉아 있으니 또 실없이 우습다. 전혀 웃을 상황이 아닌데 말이다. 술에 취해 너부러져 잠든 나를 발견한 엄마의 표정은 어땠을까? 지금쯤 화가 나 일이 손에 잡히지 않을 텐데. 아끼는 술을 엄마와 내가 몽땅 마셔버린 걸 알면 아빠는 뭐라 할까? 팽팽하게 당겨져 있던 줄이 툭 끊어지고 벌렁 나자빠진 느낌, 통쾌하다. 어제보다 더 나빠진 나. 점점 얌전하고 착한 아이에서 멀어져가고 있다는 사실이 후련하면서 허탈하다. 칭찬받으려 조바심치던 꼬마는 엄마의 추억 속으로 영원히 추방이다.

모순 I

비틀비틀, 넘어질 것만 같아 자꾸만 자전거 페달에서 발을 내리
게 된다. 최준태가 나의 소재를 알았으니 또 무슨 짓을 꾸밀지 모
른다. 기껏해야 빨리 도망칠 궁리나 하는 자신이 한심하지만 무방
비로 당하는 것보다야 낫겠지 싶어 자전거를 타보기로 결심했다.
질색하던 자전거에 스스로 올라탄 걸 보면 나도 어지간히 급했나
보다. 타다 끌다 겨우 고물섬 앞까지 왔다. 하도 용을 써서 그런지
다리가 뻣뻣하다.

오봉호는 날 보자마자 기다렸다는 듯이 맘보를 데리고 휑하니
나가버렸다. 내가 버린 것보다 더 그럴듯한 자전거를 가지고 나타
나서 열 받았나? 이유야 어쨌든 내게는 뜻하지 않은 절호의 기회

인 셈이다.

열린 컨테이너 안을 기웃거렸다. 갓도 없이 뿜어내는 푸르스름한 형광등의 빛 때문인지 온기라곤 느껴지지 않는다. 바닥엔 누런 비닐 장판이 깔려 있고 비키니 차림의 모델이 등장하는 달력이 제일 먼저 눈길을 끈다. 직사각형의 공간엔 벽을 따라 철제 책상과 의자, 책이 줄줄이 쌓여 있고 구석에는 바퀴 달린 커다란 검은색 여행 가방이, 가방 위에는 청바지와 빨강 줄무늬 셔츠와 수건 따위가 뒤섞여 걸쳐져 있다. 건너편 벽에는 나무 테두리를 한 타원형의 반신 거울이 걸려 있고, 접이식 야전침대, 소형 냉장고와 휴대용 가스버너가 배열되어 있다. 선반에는 포개서 엎어놓은 그릇 몇 개와 수저통과 양은 냄비가 제법 가지런히 정돈되어 놓였다. 사무실 겸 부엌 겸 숙소로 쓰는 모양인데 가구라곤 모조리 낡고 제각각이라 추레하고 산만하기 짝이 없다.

오봉호가 언제 돌아올지 모르니 망설일 여유가 없다. 내 학생증을 찾을 때까지 속속들이 뒤져볼 참이다. 책상부터 수색을 시작한다. 최대한 원래 있던 상태를 유지해가며 표시 나지 않게 조심조심. 전화기와 몇 권의 파일, 거래 장부와 계산기, 우편물 봉투와 쓰다 벗어놓은 작업용 장갑과 테이프, 칼, 메모지와 볼펜 등등의 사무용품이 담긴 상자까지, 책상 위는 빈틈없이 빼곡하지만 학생증은 보이지 않는다. 서랍을 뒤지려니 어째 좀 꺼림칙하다. 열쇠 구멍이 있지만 잠그지 않은 걸 보면 귀중품은 없다는 뜻이겠지? 하긴 이런 고물상에 값나갈 물건이 있을 리 없지만. 서랍을 당기니 뻑뻑하고 소리까지 요란한 데다 열리다 중간에 뭐가 걸렸는지 끝까지 열리지도 않는다. 있는 힘껏 잡아당기다 힘 조절에 실패했는지 서랍이 빠져버렸다. 서랍엔 영수증철과 페트병을 잘라 만든 동전 통과 천 원짜리 몇 장이 전부다. 서랍을 다시 끼워 넣느라 괜히 진땀만 빼고. 빡쳐! 둘째 칸, 셋째 칸에도 잡동사니만 가득이다.

책상 다음으로 의심스러운 건 가방이다. 하긴 개방된 책상보다는 커다란 여행 가방이 은닉처론 더 안성맞춤이지. 위에 놓인 옷가지를 내려놓고 가방을 바닥에 눕혔다. 들키면 정말 아무런 변명도 통하지 않는 현행범이다. 그래도 위험을 무릅쓰지 않으면 원하는 걸 가질 수 없다. 마음을 다잡았지만 극도의 긴장감으로 머리 밑에서부터 진땀이 배어 나온다.

가방이 열리자 잔뜩 눌려 있던 양말, 속옷, 셔츠, 모자 등의 옷가지들이 부풀어 오르며 바닥에 흩어졌다. 사이에 끼어 있을지 모르니 하나씩 털어본다. 먼지만 날리고 허탕이다. 잡동사니를 다 들어내자 가방 바닥에 상자가 있다. 그럼 그렇지! 옷가지들은 이 상자의 위장용이었는지 모른다. 그만큼 상자는 가방 안에 있는 것들을 통틀어 단연 눈길을 끈다. 상자의 겉면은 인쇄된 종이가 아닌 직접 물감으로 색칠한 것이다. 짙은 파란색 바탕에 반짝이는 황금색

잔별들이 드문드문 그려진 모양이 마치 난 아주 특별한 물건이라고 으스대고 있는 것 같다. 그래 봤자 디즈니 만화에서 흔히 나오는 마법사의 망토 같은 유치한 발상의 그림이지만 나름대로 기대감을 상승시키는 효과는 톡톡히 한다. 자, 이제 뚜껑을 열어볼까?

바람이 불면 어떤 이는 담을 쌓고
어떤 이는 풍차를 단다.

이건 네덜란드 속담 아냐? 뭐가 됐든 뚜껑 안쪽에 또박또박 써 놓은 걸 보면 나름 오봉호에게 의미 있는 말이겠지.

호루라기, 노란 스마일 배지, 태권도복에 매는 색 바랜 검은 띠, 죽은 구형 핸드폰, 일회용 코닥 카메라, 엠피스리와 이어폰 2개, 다이어리, 지갑 그리고 군인용 위장 크림에 뜬금없는 갈색 가발과 손바닥 크기의 3단 변신 파워레인저까지. 와, 이건 장갑차하고 합체도 되는 건데! 아직도 이걸 가지고 있는 사람이 있다니. 열 살 때인가 생일 선물로 받고 꽤나 한참 동안 가지고 놀았던 기억이 난다. 다이어리를 펴본다. 온통 스티커가 덕지덕지, 속지끼리 붙어버린 장이 많다. 갈피갈피 살펴봤지만 소득이 없다. 찾는 학생증은 끝까지 보이지 않고 대신 상자 바닥에 사진 한 장이 있다. 소풍 가서 찍은 단체 사진인 듯하다. 대나무가 많은 숲인지 뜰인지를 배경으로 아이들이 죽 늘어서 있다. 남자아이들은 하나같이 손가락으로 브이를 만들었다. 뭐, 나도 이맘땐 그랬던 것 같다. 오봉호가 어디쯤 있나? 중간에 다리 쩍 벌리고 서 있는 아이 같은데 귀엽다기보다는 꽤나 개구쟁이 같아 보인다.

"오 군아!"

마이크에 대고 소리를 지르는 것처럼 쩌렁쩌렁한 목소리다. 너무 놀라 엉덩방아를 찧고도 감히 돌아볼 엄두가 나지 않는다. 제길, 난 이제 끝이다!

"야, 너 문단속 제대로 못해? 문은 다 열어놓고 방구석에서 노닥거리고 있으면 어쩌자는 거야!"

얼른 손에 잡히는 오봉호의 모자를 눌러썼다. 가방 안에 대강 옷가지를 쑤셔 넣고 지퍼를 잠갔다. 그리고 고개를 푹 숙인 채 뒷걸음을 쳤다. 다리가 벌벌 떨려서 도망칠 수도 없다. 컨테이너로 들어선 낯선 남자에게서 술 냄새가 훅 풍긴다.

"에이 씨, 도대체 맘에 드는 게 하나도 없어."

남자가 중얼거리며 책상 위에 놓인 우편물을 집어 들었다. 휴, 남자는 뒤통수만 보고 별 의심 없이 날 오봉호로 생각하는 것 같다. 그나저나 이제 어쩌지? 내가 이 길로 도망쳐버리면 남자는 오봉호를 닦달할 테고 오봉호는 해명하느라 날 끌고 들어갈 게 분명하다. 저 남자를 상대하느니 차라리 오봉호가 백번 낫지. 일하는 척하며 동태를 살피자. 야적장이 어두우니 그나마 다행이다.

채 5분도 지나지 않아 남자가 컨테이너에서 나왔다. 양손을 허리에 짚고 잔뜩 얼굴을 찌푸리고 서 있다. 어두운 구석에 서서 남자를 스캔한다. 마치 그려놓은 듯 선명한 이마의 깊은 주름이 인상적이다. 키가 작고 살집은 있지만 뚱뚱하다기보다는 건장한 느낌, 카키색의 건빵 바지에 군인처럼 짧게 깎은 머리카락 때문인지 다소 거칠어 보이는 것이 빨강 완장 하나 차면 딱 어울릴 듯하다. 게다가 위압적으로 히뜩거리는 눈빛이 상대를 주눅 들게 한다. 남자가 한숨을 내리쉬며 담배를 꺼내 물었다. 마치 꼬마 공룡처럼 연기를 확확 뿜어대더니 꽁초를 마당에 휙 집어던졌다. 그리고 뒤도 돌아보지 않고 총총히 나가버렸다. 폐지에 불이라도 옮겨붙으면 어쩌려고. 정말 개념 없는 사람이다. 얼른 뛰어가 담배꽁초를 발로 비벼 껐다.

컨테이너 안은 얼핏 봐서는 아까와 크게 달라진 게 없어 보이지만 섬세한 내 눈엔 미세한 변화가 감지된다. 책상 위에 던져놓은 구겨진 종이, 남자의 짓이다. 남자의 방문을 모르는 오봉호는 또 내 짓이라고 생각하겠지? 뭔 일인지 알고나 당하면 덜 억울하겠다. 조심스럽게 구겨진 종이를 펼쳤다.

자진 철거 요청 공문

무단 형질 변경, 불법 구조물 설치, 불법 야적으로 인하여

민원이 제기된 바

수차례 통보에도 불구하고

시정되지 않고 있습니다.

이에 관내 종합 환경 정비의 일환으로

3개월 내 자진 철거와 원상회복을 요청합니다.

지켜지지 않을 시에는 3차례의 행정 계고 기간을 거쳐

고발, 이행강제금 부과, 강제 철거의

행정 대집행에 들어감을 알립니다.

　즐비한 고층 아파트와 가로등의 빛이 미치지 않는 곳. 보이지 않는 경계선이 소리와 빛까지 차단한 듯 고물섬은 조용하다 못해 음울하다. 제척지*에 남아 있는 집들과 그곳에 사는 이들이 가꾸는 텃밭과 고물섬이 철거되고 나면 이 자리엔 또 다른 아파트가 들어서겠지. 어울리지 않는 풍경을 곁에 두고 맘 편치 않았던 사람들은 더 이상 민원을 제기하지 않을 테고, 한때는 논과 밭이 있었던 동네의 옛 모습은 영원히 자취를 감출 거다. 어디서나 있어왔던 일이니 새삼스러울 것 없다. 나의 억울한 노동도 길어야 3개월이다.

---

* 토지구획정리사업 등의 시행 지역 안에 있는 토지로 사업 시행에서 제외된 토지.

입술을 오므리고 앞으로 내밀었다. 혀를 아랫니에 붙이고 날숨으로 짧게, 때론 길게, 아무리 불어도 쉭쉭대는 바람 소리에 침만 튄다. 한참을 연습하다 보니 머리까지 멍하다. 인터넷에 휘파람 잘 부는 법을 검색해봐도 별 특별한 비법이 없다. 그냥 열심히 연습하는 길뿐이란다. 하지만 노력이 헛되질 않았다. 아직은 짧은 단음이지만 연습하다 보면 간단한 멜로디 정도는 머지않아 습득하겠다. 주차장 앞 화단에서 만난 고등어 색 고양이에게 휘파람을 불었더니 돌아보고 한참이나 날 쳐다보았다. 멀리서 인기척만 나도 잽싸게 도망가던 녀석이었는데. 어쩌면 녀석과 친해질 수도 있겠다. 휘파람 소리에 마주 오던 아저씨가 날 째려본다. 엄마의 표정과 아주 똑같다. 그러거나 말거나 내 입이 말이 아닌 다른 소리를 낼 수 있다는 게 그리 나쁘지 않다. 의미에서 자유로운, 그래서 하루 종일 먹는 일 외엔 입 다물고 있는 내게 더할 나위 없는 독백 같은 거다. 언젠가는 나도 〈프란다스의 개〉를 멋지게 불 수 있겠지.

"야, 이영래."

최준태! 갑자기 자전거 앞을 막아서는 바람에 급브레이크를 잡다 고꾸라질 뻔했다. 휘파람에 심취해 잠시 무방비 상태였음을 후회했지만 이미 늦었다. 다행히 패거리의 모습은 보이지 않는다. 그래도 안심할 수 없으니 언제라도 도망칠 준비를 해야 한다. 이런 날을 대비해 자전거를 타기 시작했지만 아직은 겨우 넘어지지 않을 정도다. 최준태가 팔을 뻗어도 닿지 않을 만큼 슬금슬금 후진해 일단 거리를 확보한다. 최준태가 어울리지 않는 웃음까지 흘리며 너스레를 떤다.

"어이, 반갑다. 잘 살고 있지?"

"물론."

"잠깐 나랑 얘기 좀 하자."

"바빠."

"여전히 대답이 짧네. 기다린 성의를 봐서 시간 좀 내."

내가 아는 최준태는 하동철 패거리의 넘버3로 무식한 행동 대장이다. 일단 주먹부터 올라가는 놈인데 오늘따라 이상하게 사근사근하다. 그새 녀석이 개과천선했을 리 없으니 경계를 늦추면 안 된다. 오늘은 전술 면에서 내가 조금 우세하다. 놈과 1:1인 데다 속속들이 익숙한 길이며 무엇보다 내겐 자전거가 있다. 아무리 서툴러도 사람 다리보다야 바퀴가 빠르겠지.

"꽁무니 뺄 생각일랑 마."

녀석이 어깨를 추스르고 목을 좌우로 틀어 뚝뚝 소리를 냈다. 나를 겁주려는 거다. 최준태와는 불과 서너 걸음, 저만치 달려오는 버스가 보인다. 버스의 속도와 거리를 가늠해본다. 만약 비틀거리거나 넘어지기라도 한다면 영락없이 버스와 충돌하겠지만 운이 좋으면 최준태를 따돌릴 수 있다. 천하에 바보 같은 선택이 될 가능성이 50:50이다. 하나, 둘, 셋, 지금이다!

"야, 거기 서!"

최준태의 고함이 버스 소리에 묻혔다. 재빨리 모퉁이를 돌았다. 최준태가 똥줄 빠지게 쫓아와도 날 찾아내지 못할 거리까지 달려야 되니까 멈출 수 없다. 조금이라도 더 멀리, 허벅지가 뻣뻣해지도록 힘주어 페달을 밟았다. 심장이 터져버릴 것 같다. 입안 가득 침이 고이더니 이내 헛구역질이 올라온다. 속도를 이기지 못한 저질 체력이 멀미를 하는가 보다. 여기까지가 한계다. 자전거를 멈추고 뒤를 돌아본다. 멀찌감치 따돌린 게 틀림없다. 이제 안심이다. 긴장이 풀리며 온몸의 에너지가 한순간에 증발해버렸다. 탈진한 것처럼 다리가 후들거려서 한 걸음도 내딛기가 힘들다. 저 멀리 안개에 덮인 고물섬의 희끗한 불빛이 보인다. 마치 신기루처럼 어서 오라 나를 부른다. 그래, 저기라면 안전하겠지…….

네버랜드

커다란 자루에서 갖가지 캔이 와그르르 쏟아져 나왔다. 단내와 썩은 냄새가 뒤섞여 묘한 비린내를 풍긴다. 비위가 상해 저절로 얼굴이 찌푸려진다.

"오늘은 알루미늄 캔과 스틸 캔을 분류해야 돼. 깡통 밑이 반짝 반짝하면 알루미늄, 흐리멍덩 누렇게 보이면 스틸이다. 보통 맥주 캔이 알루미늄이고 커피나 탄산음료 캔은 스틸이지."

몇 개를 뒤집어놓고 봐도 다 그게 그거 같다. 나는 요리조리 비 춰 보고 비교하느라 도무지 진도가 나가지 않는데 오봉호는 보지 도 않고 손에 집히는 대로 던져 넣는다. 재빠르고 현란한 손놀림 이다.

"소리가 다르고 무게랑 감촉도 틀려. 나도 처음엔 일일이 뒤집어 보느라 한 자루 하려면 족히 30분은 걸렸지. 딱 한 달만 하면 귀 막고 눈 감고도 해."

"나 혼자 해도 돼."

"그냥 심란해서 하는 거다."

쏟아낸 깡통 더미가 점점 줄어들었다. 손이 끈적거리고 온몸에 냄새가 배어든 것 같다. 두 번이나 비누칠을 해서 씻어내도 영 개운하지 않다.

"좀 출출하네. 너 라면 먹을래?"

대답 대신 거부의 눈빛을 쏘아줬다. 며칠 저기압이더니 오봉호의 태도가 갑자기 달라졌다. 또 무슨 꼼수를 부리려고 그러는지, 친절 모드로 돌변한 저의가 의심스럽다. 오봉호가 먼저 컨테이너로 들어가며 말했다.

"뒷정리하고 와라."

더럽게 눈치도 없다. 딱 부러지게 말해야 알아듣나? 애초에 내 의사를 물어본 게 아니라 강요였다면 더 싫은데. 이러지도 저러지도 못하고 뻘쭘하게 서 있는데 안에서 오봉호가 재촉하듯 묻는다.

"계란 넣을까?"

에잇, 될 대로 되라지. 기회 봐서 슬쩍 학생증에 대해서 떠보는 것도 나쁘진 않겠다. 맘보가 감히 들어가지는 못하고 열린 문에 몸을 반쯤 걸친 채 엎드려서 낑낑댄다. 오봉호가 젓가락을 휘두르며 맘보를 쫓아내고는 딴전 피우고 있는 내게 들어오라고 손짓을 했다.

휴대용 버너 위 누런 양은 냄비에서 라면이 끓고 있다. 좁은 컨테이너 안이 라면 냄새로 가득하다. 멍하니 기다리고 있기 머쓱해서 쌓아놓은 책 중에 한 권을 집어 들었다. 표지는 떨어져나갔고 책장은 아주 싯누렇게 변한 얄팍한 책이다. 금방이라도 책 벌레가 기어 나올 것 같아 꺼림칙하다. 건성으로 책장을 파르르 넘겼다. 동작을 설명하는 그림과 글, 포즈를 취한 남자의 사진이 군데군데 섞여 있다. 말끝마다 시적 표현 운운하더니만 무술 교본이라니, 완전 속은 기분이다. 오봉호가 날 힐끔거리더니 알은체를 했다.

"아, 그거? 이소룡의 절권도 입문기야."

"이소룡……."

"아냐?"

"들어는 봤지."

"너 줄까?"

"됐어."

"난 태권도 검은 띠. 넌?"

"나도."

"잘됐네. 언제 대련 한번 하자."

"왜?"

"재밌잖아."

펵이나 재미있겠다. 솔직히 난 겨우 품띠를 따고 관뒀다. 태권도를 그만둔 이유는 딱 하나, 대련이 싫어서였다. 그런 나더러 대련을 하자니? 하여튼 눈치 없이 들이대는 데는 일등이다.

오봉호가 바닥에 신문을 펼치고 김이 오르는 냄비를 내려놓았다. 안 그래도 쓰리고 허전한 속을 라면 냄새가 강렬하게 유혹한다. 침이 넘어간다. 오봉호가 냄비 뚜껑에 라면을 듬뿍 덜어냈다. 노릇한 면발에서 김이 올랐다.

"야, 퍼진다. 얼른 먹어."

입에서 김을 뿜어내며 오봉호가 재촉했다. 신문지 위에 젓가락만 떨렁 놔두고 어떻게 먹으라고?

"자식, 대강 먹지."

오봉호가 마구 귀찮은 표정을 지으며 접시를 갖다 준다. 소심하게 한 젓가락 들어내 먹어본다. 꼬들꼬들한 것이 딱 내 스타일이다. 제대로 양껏 덜어냈다. 점점 흡입에 속도가 붙는다.

"넌 어째 만날 배고파 보이냐? 많이 먹어."

에이 씨, 쪽팔리게 목이 콱 멘다. 괜스레 감상적이 되는 건 딱 질색인데.

"집에선 너 여기 오는 거 아냐?"

알면 오게 하겠니? 반문하고 싶지만 실랑이하기 싫어서 그만 입을 다문다. 오봉호가 픽 쓴웃음을 날리며 비아냥댄다.

"천덕꾸러기인가 보네."

"바쁘셔."

"아무렴, 그러시겠지."

"잘 모르면서 함부로 말하지 마."

"지랄, 모르긴 뭘 몰라."

"그러는 그쪽은 집이 어딘데?"

"우리 집은 아주 멀어. 멀어서 못 가."

"가기 싫어 못 가지 멀어서 못 간다는 게 말이 돼? 비행기나 고속철 타면 어디든 일일생활권인데."

"내가 자란 곳은 지도에도 없는 아주 외딴섬이거든."

아하! 고물상이 고물섬이 된 건 오봉호의 향수병이 낳은 낙서질이었음을 증명하는 발언이다. 오봉호가 젓가락을 내려놓고는 냄비째 들고 라면 국물을 들이켰다. 그리고 꺼억 트림을 했다. 아무렇지 않은 척하려는 과장된 제스처가 뻔히 눈에 보인다.

엄마가 섬 그늘에 굴 따러 가면
아기는 혼자 남아 집을 보다가
바다가 들려주는 자장 노래에

팔 베고 스르르르
잠이 듭니다.*

　오봉호의 눈가에 얼핏 어리는 눈물, 설마 내가 잘못 본 건 아니
겠지? 오봉호가 멋쩍게 웃으며 머리를 긁적였다. 그래, 멀쩡한 정
신으로 손발 오그라드는 짓을 하려니 너도 쑥스러울 거다. 난 자
칫 웃음이 터져버릴까 봐 눈 내리깔고 냄비에 남은 몇 가락의 면
만 열심히 집어 먹었다.
　"우리 섬에는 애들만 살아."
　아이들만 사는 외딴섬에 대한 이야기는 들어본 적도 없고 내 상
식으론 가능하지도 않은 일이다.
　"아이들은 늘 기다리지."
　"뭘?"
　"엄마, 아빠, 할아버지, 할머니, 이모, 삼촌…… 그리고 우리를
태우고 세상으로 나가줄 배."
　아무래도 또 오봉호한테 낚인 것 같다. 능글맞은 놈! 내가 약 올
라 하면 더 재미있어 하겠지.
　"넌 피터팬이고 그 외딴섬은 네버랜드?"
　"흐흐흐……."

---

* 동요 〈섬집 아기〉, 한인현 작사, 이흥렬 작곡.

오봉호가 웃기 시작했다. 웃음소리가 점점 커지더니 배를 잡고 자지러진다. 얼마나 웃었는지 얼굴이 벌겋게 달아오르고 눈물까지 찔끔거린다. 젠장, 내 말이 그렇게까지 우습냐? 보아하니 웃으면서 속으로 반격할 거리를 찾고 있나 본데, 천만에, 이젠 내 차례다.

"혹시 플라스틱 섬이라고 들어봤어?"

오봉호가 서서히 웃음을 멈추고 눈가를 닦는 걸 보니 걸려들었다.

"세계적으로 다섯 개가 있다고 알려져 있는데 북태평양에 있는 건 우리나라 땅의 열네 배나 된다지 아마. 처음 플라스틱 섬을 발견한 선장은 신대륙인 줄 알았다나 뭐라나. 어떤 사람이 진짜 섬으로 만들자고 주장했는데 환경보호론자들의 반대로 무산됐대. 어때, 진정한 고물섬이지?"

"오우, 그 플라스틱을 싹 건져서 재활용하면 제법 짭짤하겠다. 돈도 벌고 바다도 살리고 일거양득일 텐데 말이야. 그거 내가 한번 해볼까?"

"그러든지. 태평양에서 거대한 쓰레기 더미를 수송하는 엄청난 비용을 감당할 능력이 있으면."

"진짜 이담에 돈 많이 벌면 꼭 하고 싶다."

"그 맘 변치 말고 꼭 이뤄지길 바라. 좋은 정보 제공했으니까 보답을 해야지? 내 학생증 돌려줘."

"너 하는 거 봐서."

"딱 잘라 언제까지?"

"급할 거 있냐? 쉬엄쉬엄 생각해보지 뭐."

"나 놀려먹으니까 재밌어?"

"응, 너무너무. 근데 너 왜 나한테 은근슬쩍 말 놓냐?"

"그럴 만하니까."

"좋아, 이 까칠한 녀석아. 내가 형이니까 참는다."

"젠장, 난 너같이 재수 없는 형 둔 적 없거든."

능글거리는 면상을 한 대 갈겨주는 대신 냉정하게 일어서서 미련 없이 돌아섰다. 내 등 뒤에 대고 오봉호가 외쳤다.

"이영래, 언제 정식으로 한판 붙자!"

눈물 맛 사탕

정말 일하기 싫은 날이다. 난 폐지 위에 걸터앉아 빈둥거리는데 오봉호는 혼자서 마당 가득 부려놓은 박스를 정리하기 시작했다. 웬일로 잔소리도 안 하고 윽박지르지도 않는데 괜스레 앉은 자리가 가시방석이다. 마지못해 일어났다.

"사탕 있어?"

이런! 도대체 내가 무슨 말을 한 거지? 오봉호가 의외라는 듯 눈의 흰자위를 드러내며 한쪽 볼에 물고 있던 막대 사탕을 후룩 소리까지 내며 반대쪽으로 옮겨 물었다. 그 바람에 더럽게 침까지 흘렸다. 저런 과장된 짓거리는 좀 자제해줬으면 좋으련만. 오봉호가 호주머니에서 사탕을 꺼내 껍질을 깠다. 굳이 입에 넣어주려는 거다.

"그냥 줘."

"안 돼. 아~ 해."

"에이 씨."

"알지? 녹여 먹어."

"맘보는 안 줘?"

"목에 걸려서 안 돼."

"하긴."

오늘은 두 시간 때우기가 참 어렵다. 시간을 확인하려 계속 휴대폰을 들여다본다. 오봉호는 내내 묵묵히 일만 했다. 드디어 폐지 정리가 끝나고서야 오봉호가 입을 열었다.

"하루 종일 뭐 하고 지내냐?"

"학교 가지."

"워 워, 착한 어린이는 거짓말 안 하지."

"그래, 나 퇴학당했다. 됐냐? 그러니까 네가 가지고 있는 내 학생증 따위는 아무 구속력이 없다고. 돌려주든지 찢어버리든지."

"왜 퇴학당했어?"

"내가 몇 놈 손을 좀 봐줬거든."

"너 같은 샌님이?"

"믿기 싫음 말고."

"만날 그따위로밖에 대답 못해? 상대가 진지하게 물으면 너도 좀 진지하게 대답을 해봐."

"도대체 남이야 학교에 가든 말든 무슨 상관인데? 그러는 넌 왜 넥타이 매고 회사 다니지 않고 고물이나 주무르고 있는데?"

"안 굶어 죽으려고 그런다. 하긴 너같이 세상만사 삐딱하게만 보는 녀석이 뭘 알겠냐? 부자 부모 밑에서 하고 싶은 거 다 하고 누릴 거 다 누리면서 배가 처불러서 지랄이지."

"더럽게 단순한 사고방식이네."

"부모 울타리 안에서 먹고 입고 잘 데 걱정 없이 사는 거, 잘난 네놈이 그렇게 하찮게 여기는 걸 난 한 번도 가져보지 못했으니 어떻게 알겠어?"

"하긴 먹어보지 않고야 단지 쓴지 모르겠지. 답답하다, 인생을 통째로 바꿔볼 수도 없고."

"안 될 것 없지."

"뭐가?"

"인생을 바꾸는 거."

"미쳤군!"

"아무도 눈치 못 챌 거야."

"마법 봉이라도 휘두르게?"

"그럴 필요 없어."

오봉호가 다짜고짜 내 팔을 낚아채더니 컨테이너 안으로 끌고 들어갔다. 그리고 거울 앞에 나란히 서서 내 얼굴에 자기의 얼굴을 바짝 갖다 댔다.

"봐, 어때?"

"눈 둘, 코 하나, 입 하나네. 뭐 어쨌다고?"

"우리 둘이 닮은 것 같지 않아?"

"너나 나나 고만고만한 평범한 얼굴이니까 닮아 보이는 거지."

워낙 거울을 안 보고 살다 보니 내 얼굴을 까먹고 살았나? 우습게도 내 얼굴보다 오봉호의 얼굴이 더 익숙해 보인다.

"자세히 봐. 입매만 좀 다르고 다른 데는 비슷하잖아."

그나마 내 얼굴에서 제일 맘에 드는 게 고른 치아다. 지겨운 교정기를 3년이나 끼고 있었으니까. 반면에 오봉호는 덧니에 뻐드렁니인데 자꾸 닮았다고 빡빡 우기니까 은근히 기분 나쁘다.

"이미지가 완전히 다르잖아. 피부도 내가 더 깨끗하고."

"아냐, 이 정도면 꽤 닮았다고 할 수 있지. 헤어스타일, 옷차림, 말투만 조금 신경 쓰면 감쪽같을 거야."

"싫어, 난 안 해."

"심각하게 생각할 거 없어. 스릴 있는 게임 한판 한다고 생각하면 돼. 덤으로 학생증까지. 어때?"

시도 때도 없는 그놈의 "어때?", 아주 징그럽다. 내가 오케이 할 때까지 졸라댈 게 뻔한데, 이런 말도 안 되는 꿍꿍이에 휘말리다니. 오늘따라 뭔 귀신에 홀렸는지 나답지 않게 말을 섞었던 게 화근이었다.

게임에 접속했다. 칼을 휘두르고 화살과 마법을 마구 쏘아 몬스터를 하나씩 해치웠다. 레벨이 올랐는데 신이 나지 않는다. 게임 대신 그동안 미루어왔던 일을 해치워야겠다. 건담 시리즈 중에서 제일 아끼는 점보 그레이드를 꺼냈다. 솔로 구석구석 쌓인 먼지를 털어냈다. 유니콘, 하이뉴…… 차례를 기다리는 로봇들을 보니 한숨이 난다. 전에는 이러지 않았다. 미세 먼지까지 털어버리겠다는 각오로 하루 종일 솔질에 매달려도 전혀 힘들거나 지겹지 않았는데. 마음이 뒤숭숭해서 아무 일도 손에 잡히지 않는다.

정말 오봉호의 말대로 한번 바꿔봐? 오봉호가 만약 사고라도 친다면 모조리 내 책임이 될 텐데? 안 돼! 할아버지의 넋두리에 단골로 등장하던 "근본도 모르는 것을 집에 들이는 위험한 일"이다. 그래서 뭐? 그냥 일주일만 다른 사람으로 살아보는 게 범죄 행위는 아니잖아? 「왕자와 거지」도 해피엔딩인데 뭐. 엄마 아빠가 눈치챈다면 일이 커지겠지만 모르고 그냥 넘어간다면 짓궂은 장난 정도일 뿐이지. 대신 난 학생증을 돌려받고 더 이상 오봉호에게 휘둘리지 않아도 된다. 사실 유치한 호기심이지만 엄마 아빠가 오봉호와 내가 바뀐 걸 알아챌지 모를지 궁금하기도 하고.

"주민등록증 내놔. 우리 가족을 보호할 최소한의 안전장치 정도
는 있어야 되니까."

"없어, 잃어버렸어."

"그럼 운전면허증이나 여권은?"

"없어."

"싫음 관둬."

"안 주는 게 아니라 진짜 없어. 운전면허증은 아직 안 땄고, 여
권은 해외 나갈 일 없으니까 만들 필요 없었고, 주민등록증은 지
갑이랑 몽땅 같이 잃어버렸는데 바빠서 아직 재발급 못했어. 난
널 믿고 고물섬을 통째 맡기겠다는데 넌 도대체 왜 사람을 의심하
냐? 난 성실하고 선량하며 열정적이고 건강한 청년이야. 그동안
봤으니까 알 거 아냐?"

"얼렁뚱땅 둘러대고 넘어갈 생각 마. 그냥은 절대 안 돼."

"좋아, 내 짐이랑 전 재산을 건다. 됐냐?"

"전 재산이 얼만데?"

"액수보다는 내가 가진 전부라는 게 중요하지. 과거, 현재, 미래,
다시 말해 내 모든 걸 너에게 맡기겠다는 의미니까."

또 말장난 시작이다. 딸랑 여행 가방 하나와 보나 마나 얼마 되

지 않을 돈 몇 푼으로? 정말 말도 안 되는 거래다. 그걸 알면서도 이 무모한 제안을 뿌리치기는커녕 점점 더 솔깃해지고 있는 난 도 대체 어떻게 생겨먹은 놈이냐!

"우리가 일주일을 바꿔서 살아보는 거, 까짓 불가능한 일은 아 니지. 하지만 단순히 재미를 위해서 저지르기엔 너무 설득력이 약 하다고 생각 안 해? 난 너처럼 그렇게 무모하지 않거든."

"좋아, 이런 말까지 하고 싶진 않지만…… 난 말이야, 감성이 풍 부하고, 똑똑하고, 예의 바르고, 긍정적인 아이가 되고 싶었어. 언 젠가는 나를 찾아올 그들의 맘에 꼭 드는 사람이 되어 있어야만 한다고 생각했으니까. 그래서 책도 많이 읽고 운동도 열심히, 물론 공부도 열심히 했지. 그런데 내 의지와 노력에도 불구하고 어느 순간 보면 아주 독하고 야비하고 잔인한 건달에, 세상 풍파에 닳 고 닳은 영악한 노인네 같을 때가 있거든. 뭐 그렇다고 내 본성이 이런 부정적인 모습이라곤 절대 생각 안 해. 난 평범하지 않은 어 린 시절을 보냈으니까 그 후유증 같은 것일 수도 있고, 어찌 생각 하면 그게 날 지켜준 보호막 같은 것이었는지도 모르지."

"난 감정이 메마른 놈이라 동정심 따윈 없어. 그러니까 불행한 과거사를 들먹이는 건 역효과야."

"네 말이 맞아. 핑계 대지 말고 살아야지. 어린 시절이 운명의 족쇄가 되지 않도록 말이야. 그래서 내 뜻과는 상관없이 쓰이고

연출된 1막을 끝내고 싶어. 그런데 문제는 1막의 주인공이었던 꼬맹이가 퇴장하지 않으려고 버틴단 거지. 납득할 만한 이유를 대라고 징징거리고 졸라대. 아주 고집이 센 녀석이니 달래는 수밖에는 없을 것 같아. 그래서 녀석이 가장 가지고 싶어 했던 걸 쥐여주려고. 비록 잠깐이지만. 어때, 2막이 궁금하지 않아?"

"진절머리 나는 그따위 소설은 너나 쓰세요."

"말은 그렇게 해도 궁금할 거다. 2막의 시작은 아주 스펙터클하게 펼쳐질 거야. 이제 주인공은 어린애가 아니거든. 세상 밖으로 태우고 나갈 배가 오지 않는다면 헤엄쳐서라도 나오는 거지. 표류가 될지, 항해가 될지는 알 수 없지만 말이야."

불완전한 변신

첫째 날

"와 이거밖에 안 주노?"

"폐지 1킬로그램에 30원이니까 115킬로그램에 3450원 맞아요."

"이놈아가 오늘 억수로 기분이 안 좋은갑네. 그라지 말고 고마 3500원 도."

"안 되는데요."

두 번이나 계산기로 확인했으니 틀릴 리가 없다. 7시도 안 됐는데 처들어와서는 폐지를 들이밀지 않나, 기껏 50원 가지고 신경을 긁지 않나, 이 할머니 정말 짜증 난다.

"아이고야, 됐다 마. 할매 무안하구로 와 정색을 하고 지랄이고."

할머니가 돌아서다 말고 호주머니에서 요구르트를 꺼내 불쑥 내민다. 받고 끝내 50원을 내놓으라는 뜻인가?

"마시고 얼릉 세수해라. 내 간대이."

우물쭈물하는 내 손에 요구르트를 쥐여주고 할머니는 쌩하니 돌아섰다. 요구르트값을 드릴 사이도 없었다. 에이, 괜히 미안해지려고 한다. 처음이라 무지하게 떨리고 입이 바짝 마르던 차에 요구르트는 반갑다.

학교를 그만둔 후 처음으로 일찍 시작한 아침이다. 조금만 움직여도 무너질 것처럼 삐거덕거리는 간이침대와 잡다한 걱정 때문에 밤새 뒤척이며 잠을 설쳤다. 눈이 뻑뻑하고 머리가 띵하다. 세수를 해도 썩 개운하지 않다. 익숙한 내 방과 침대가 간절하다. 머리카락을 쥐어뜯으며 후회해도 소용없는 줄 알면서 물릴 수 있으면 지금 당장이라도 물리고 싶다. 앞으로의 일주일이 그리 녹록하지만은 않을 거라는 예감. 바보같이 오봉호의 감언이설에 속은 거다.

"요즘은 고물 팔러 오는 사람들 하루에 몇 명 없어. 그냥 무게 재서 돈 지불하고 장부에 기재하면 끝. 힘들 것도, 신경 쓸 일도 없지. 사장은 중간상이 고물 실어 가는 목요일에만 잠깐 들렀다 가. 고물 분류하고 야적하는 일이야 너도 해봐서 알 테고. 쉽게 말해 손님 없는 시골 구멍가게 지키는 거라고 생각하면 돼. 문제는 좀 심심하다는 건데 맘보랑 놀다 보면 일주일은 후딱 지나가."

"사람들이 알아채면?"

"맹세코 아무도 모른다니까. 혹시나 네가 이럴까 봐 준비해둔 게 있지. 짠!"

오봉호가 쇼핑백에서 모자를 꺼냈다. 윽, 무슨 해병대도 아니고 똑같은 빨간색 모자가 두 개다. 저따위 촌스런 모자를 내게 씌우려 하다니, 이건 횡포다.

"디데이까지 3일 남았지? 그동안 우리 둘 다 이 모자를 쓰고 생활하는 거야. 사람들의 눈에 이 모자를 쓴 우리 모습이 익숙해지기만 하면 돼. 그다음엔 모자와 사람을 동일시하게 되어 있거든. 구질구질한 변장 따윈 필요 없단 말이지."

"모자 하나로 우리 엄마 아빠를 속이긴 힘들걸."

"너네 집은 나한테 맡겨. 그렇잖아도 연습을 좀 했는데, 볼래?"

오봉호가 얼굴에서 표정을 싸악 지우더니 미간을 약간 찌푸린 채 눈을 내리깔았다. 그리고 윗니로 아랫입술을 물었다 놓았다, 오른쪽 입술 끝만을 살짝 올려 비웃음을 흘리는 표정을 지었다.

"잘 봐, 핵심은 이거야."

오봉호가 코를 훌쩍이는 것처럼 콧잔등에 주름을 잡더니 들릴 듯 말 듯 킁킁 소리를 냈다. 그리고 간헐적으로 오른쪽 뺨을 실룩

거렸다. 치명적인 약점을 들킨, 그래서 싸워보기도 전에 전의를 상실해버린 기분이다. 인정할 수밖에 없다. 난 죽었다 깨도 용의주도한 오봉호의 상대가 되지 않는다는 걸.

부어준 사료를 다 먹고도 맘보가 자꾸 낑낑거린다. 날 보면 좋다고 펄쩍펄쩍 뛰고 꼬리 치더니 오늘은 기가 팍 죽었다. 아무래도 오봉호가 없어서 그런가 보다.

"맘보야~."

오봉호 흉내를 내본다. 내가 듣기엔 꽤 비슷한데 맘보의 반응은 영 시큰둥하다. 한 바퀴 맴을 돌더니 그 자리에 그냥 엎드려버린다. 모두를 속여도 맘보는 절대 속일 수가 없다는 사실이 이상하게 위안이 된다.

전화벨이 열 번 넘게 울리고 있다. 전화는 예상 가능한 일정에 없었으므로 당황스럽다. 다행히 벨 소리가 그쳤다. 그런데 안도의 한숨이 채 끝나기도 전에 다시 울리기 시작한다. 생각이 엉킨다. 상대가 누군지 몰라도 받기 전에는 절대 포기하지 않을 것 같다.

"여, 여보세요."

"야, 왜 전화 빨리 안 받아?"

"밖에서……."

"됐고, 구청에서 나 찾으면 언제 올지 모른다고 해. 지방에 철거

하러 갔다고 적당히 둘러대란 말이야. 알았어?"

"예."

"야적장 비우지 마."

목소리를 들으니 전에 본 연기 뿜는 꼬마 공룡 같던 그 남자다. 역시나 목소리만 들어도 후덜덜 정신이 하나도 없다. 예의 없고 거친 성정을 무기 삼는 저런 부류의 인간들, 정말 싫다. 게다가 거리낌 없이 "야"로 부르는 걸 보면 악덕 고용주의 냄새까지 풍긴다. 위험하고 위생 상태 제로의 열악하기 짝이 없는 근무 환경에, 미래가 보장된 일은 더더욱 아닌 그야말로 3D 직종인데, 오봉호는 왜 하필 이런 도심의 막장 같은 곳에서 일하는지 도대체 이해할 수가 없다.

한 남자가 리어카를 끌고 야적장으로 들어섰다. 리어카엔 폐지뿐 아니라 냄비와 프라이팬, 커튼 지지대와 빨래 걸이까지 넘칠 듯이 수북하다.

"여차, 매일 오늘만 같아라!"

신이 났는지 남자의 말에 리듬이 실렸다. 느릿느릿, 힘겹게 움직이던 노인들과 달리 고물을 부리는 남자의 동작에 힘이 넘친다. 목에 걸고 있던 수건으로 땀을 닦으며 마치 세수할 때처럼 푸푸거리기까지 한다.

"오늘이 이사하기 좋은 뭐 그런 날인가 봐. 교회 앞에 있는 아파트 단지 있잖아, 거기 이삿짐 차가 줄줄이 서 있더라고. 너도 알다시피 아파트로 수거하러 들어가봤자 경비한테 걸리면 톡톡히 욕만 먹고 쫓겨나는데 때마침 경비실이 비어 있더라고. 에라, 밑져야 본전이다 싶어 슬쩍 들어가봤더니 버리려고 모아놓은 가구며 잡동사니들이 막 널렸어. 누가 짐꾼인지, 고물쟁인지 알게 뭐야? 냅다 몇 개 주워 왔지.”

남자는 무슨 대단한 무용담이라도 늘어놓는 듯 의기양양하다. 고물 무게를 재는데도 옆에 딱 붙어 서서 귀찮게 한다.

“어때, 요새 고철값이 영 별로지?”

“뭐 좀…….”

“이러니 우리 같은 사람 입에 풀칠하기도 힘들지. 휴, 내가 이러고 노닥거릴 짬이 없어. 노친네들 뜨기 전에 얼른 한 바퀴 더 돌아야지. 빌어먹을, 뭔 날씨가 꾸물꾸물 후덥지근하니 이러냐? 목도 칼칼하고. 이런 날은 시원한 막걸리나 한 사발 하면 딱인데.”

나더러 하는 말인지 혼잣말인지 한참을 번잡스럽게 떠들어대던 남자가 나가자마자 연이어 할아버지 한 분이 나타났다. 한쪽 다리를 절뚝거린다. 할아버지는 나를 본체만체 들어오자마자 바로 맘보에게 다가섰다. 맘보가 짖으며 펄쩍펄쩍 뛰다 할아버지 발치에 발라당 누워 배를 드러냈다. 할아버지가 엉거주춤 쭈그려 앉더니 맘보의 배를 긁어준다. 씨, 고물 팔러 오는 사람이 얼마 없다고? 심심하면 맘보랑 놀며 시간 때우라더니 도무지 심심할 틈이 없잖아!

"쯧쯧쯧, 저러다 또 언제 미쳐 날뛸지 알 수가 있나. 교도소를 제집 드나들 듯하더니만 결국은 마누라가 애들 데리고 도망가버렸지. 그 뒤로 허구한 날 술 마시고 동네 개구신 짓으로 날 새더니 한동안은 통 안 보이데. 듣기로는 역에서 몇 년 노숙까지 했다지 아마. 그래도 자식 놓고 살던 데라고 돌아와 제 딴에는 살려고 기를 쓰기는 하는데 어째 볼 때마다 아슬아슬해."

아마도 방금 나간 남자를 두고 하는 말인 것 같다.

"암만 그래도 혼자 싹쓸이하면 쓰나. 이 바닥에도 상도덕이라는 게 있는데 지하철 무가지부터 할망구들 영역까지 넘보니, 염병."

내가 여전히 대꾸가 없자 할아버지가 내 얼굴을 흘낏 살핀다. 뭔가 눈치를 챘나? 얼른 돌아서 모자를 푹 내려 썼다. 할아버지가 느닷없이 맘보의 목줄을 풀었다. 할아버지의 행동이 워낙 자연스러워서 말리지 않고 그냥 두고 보기로 했다. 할아버지가 야적장 구석에 세워진 리어카를 끌어냈다. 그러고 보니 언젠가 오봉호가 말한 적 있는 진 씨 할아버지인가 보다. 의아하게 쳐다보는 나에게 할아버지가 고함을 쳤다.

"왜, 또 버리고 새로 사라고 잔소리할라고?"

"아, 아니요."

"이게 어디 보통 리어카냐? 36년 동안 땜질하고 이어 붙이고 손

때가 반질반질 묻었으니 골동품이지. 암, 골동품이고말고. 내 올해로 일흔다섯인데 더도 말고 덜도 말고 딱 여든까지만 할 거야. 그래 오늘 아침에도 아들놈이 싫은 소리 하는 걸 못 들은 체했지. 썩을 놈, 지놈도 고물 밥 먹고 컸으면서. 안 그래?"

"뭐 그렇지요."

최대한 두루뭉술한 대답으로 얼버무리긴 했지만 뭘 묻고 있는지 도통 모르겠다. 내가 할아버지의 어법을 이해하지 못하거나 할아버지가 앞도 뒤도 안 맞는 질문을 했거나 둘 중에 하나겠지.

"너 어디 아프냐?"

"아니요."

"아닌 게 아닌데 뭘. 얼굴이 핼쑥하니 말수도 줄고. 다 먹고 살자고 하는 짓인데 돈 아끼지 말고 삼시 세끼 밥은 꼭 챙겨 먹어."

"예."

요주의 인물이다. 주변 일에 관심 많고, 눈치 빠르고, 결정적으로 말이 많다. 더구나 오봉호와 꽤나 친분이 있었던 것 같으니 특히 행동거지를 조심해야겠다. 할아버지가 리어카를 끌자 맘보가 꼬리를 치며 익숙하게 앞장을 섰다. 에이, 모르겠다. 둘이 알아서들 하겠지. 배가 고프니 생각할 기운조차 없다. 종일 먹은 거라곤 한 모금도 안 되는 요구르트 하나랑 컵라면이 전부니. 핸드폰을 거울 삼아 얼굴을 비춰 본다. 눈꺼풀이 푹 꺼졌다. 집에서는 라면으로 끼니를 때우고 한두 끼 굶어도 별로 배고프다는 느낌은 들지 않았는데 여기선 이상하게 하루 종일 배가 고프다. 젠장, 이런 기분 정말 싫다.

둘째 날

뭘 입어야 하나? 거울 앞에서 이렇게 오랫동안 망설이긴 처음이다. 셔츠, 바지, 양말, 하나같이 후줄근하다. 그나마 속옷은 내 걸입어도 된다는 게 얼마나 다행인지. 집에서는 그냥 손에 잡히는 대로 입어도 꽤 그럴듯해 보였는데. 순전히 얼룩이 보이지 않는다는 이유로 검은색 셔츠와 청바지를 선택했다. 목둘레가 심하게 늘어진 게 거슬리지만 어쩔 도리가 없다. 이 옷을 입으니 진짜 속속들이 오봉호가 된 기분이다. 불과 하루가 지났을 뿐인데 홀로 고물 더미 속에 내쳐진 것 같은 기분. 어쩌면 돌아가고 싶어도 다시는 돌아갈 수 없을지 모른다.

"자, 이거 묵으라."

할머니가 또 요구르트를 준다. 고맙다는 말 대신 깐깐하게 폐지의 무게를 달고 계산기를 두드렸다.

"94킬로그램, 2820원입니다."

십 원짜리까지 정확하게 세어서 할머니 손에 건넸다. 할머니는 어제처럼 더 달라고 억지를 부리지 않는다. 그냥 암말 없이 돈을 호주머니에 받아 넣었다. 난 받은 폐지 무게만큼 돈을 지불했고 할머니도 수긍함으로써 공정한 거래가 이루어진 거다. 그런데 뭐지? 이 찜찜한 기분은. 아마 요구르트 때문이 아닌가 싶다. 고물섬을 드나드는 사람들과는 일주일이 지나면 다시는 볼 일조차 없을 것이다. 지극히 사무적인 관계 외엔 누구와도 감정적으로 얽히고 싶지 않다. 그러니 이런 작은 친절조차 몹시 불편하게 느껴진다.

"할머니, 이거 다시 가져가세요."

할머니에게 요구르트를 내밀었다. 할머니가 손사래를 치며 내 손을 밀어냈다.

"괜찮다, 나는 묵었다."

"그게 아니라 전 먹기 싫은데요."

"와, 어데 아프나?"

"아뇨."

"아이고야, 내 인자 알았다. 그래, 내일은 두 개 주꾸마. 됐제?"

안 받겠다는데 도리어 더 주겠단다. 남의 말을 맘대로 해석해버리다니. 뭐 이러쿵저러쿵 내 기분을 설명할 수도 없고 답답해죽겠다. 이건 평소에 오봉호의 행실에 문제가 많았다는 증거다. 50원에도 핏대 세우는 할머니에게 매일 요구르트를 삥 뜯다니. 참 벼룩의 간을 내 먹을 짓이다. 생각해보면 이건 할머니랑 실랑이할 문

제가 아니라 오봉호에게 따져야 할 일인 것 같다. 할머니는 기어
코 요구르트를 받지 않았다. 게다가 오늘은 내 등까지 두드려주고
간다. 영문을 모르겠다.

담장 밖에서 차 소리가 나더니 출입문으로 쓰이는 패널이 요란
한 소리를 내며 움직이기 시작했다. 서둘러 나가다 그만 발걸음이
딱 얼어붙었다.

"야, 문을 활짝 열어놓아야지!"

사장이다. 분명히 목요일 하루만 온다고 했는데? 예상치 못한
등장에 가슴이 두방망이질 친다.

모자를 깊숙이 내려 쓰고 허겁지겁 뛰어나갔다. 사장은 그새 트
럭을 후진시켜 야적장으로 들어왔다.

"에이 씨, 왜 이리 더워!"

투덜거리며 차에서 내린 사장이 턱짓으로 트럭을 가리켰다. 뭐
어쩌라고? 우물쭈물하고 있는데 컨테이너로 들어가려던 사장이
맘보를 보더니 고함을 질렀다.

"저 개새끼는 언제 가져간대? 빨랑 안 치우면 된장 발라버린다
고 해."

맘보가 꼬리를 말아 넣고 슬금슬금 눈치를 본다. 나쁜 놈! 그동
안 사장이 맘보에게 어떻게 했는지 알 만하다. 고물을 옆으로 밀
어놓는 척하며 사장과 맘보 사이를 막아섰다. 맘보를 대신해서 한

대 후려갈겨주고 싶지만 물론 마음뿐이다. 다행히 사장은 컨테이너로 들어가 버렸다. 사장이 안 보이자 금세 기운을 차린 맘보가 꼬리를 흔들며 내 손을 핥는다. 불쌍한 맘보, 넌 무슨 사연으로 여기 얹혀사는 거냐?

"야, 오 군아."

드디어 피할 수 없는 순간이다. 에이, 될 대로 되라지. 죽이기야 하겠어? 자포자기의 심정으로 컨테이너로 들어섰다. 컨테이너 안은 사장이 뿜어낸 담배 연기로 매캐하다. 책상 앞에 앉아 장부를 뒤적거리던 사장이 날 힐끔 쳐다보고 다시 장부로 눈을 돌렸다. 아직까지는 별 낌새를 채지 못한 게 분명하다. 말썽 피우다 학생주임 앞에 불려 온 꼴이다. 사장이 장부를 덮어 책상 위로 휙 집어던졌다. 그래, 트집 잡을 게 있을 리 있나. 이래 봬도 앞뒤 전후 계산이 맞지 않으면 못 견디는 성격이라고.

"알아봤어?"

왜 이 사람은 앞뒤 다 자르고 이런 식으로 말할까? 머리 긁적이며 얼버무려야 되는 상황은 정말 싫은데.

"나도 버티는 데까진 버텨볼 생각이지만 그래 봤자 얼마나 가겠어. 제척지 싹 정비해서 체육관이랑 문화센터 세운다는 소문도 있고. 이참에 더러워서 때려치우든지 해야지, 원. 고물상이 혐오시설이라나 뭐라나 해서 허가받으려면 더럽게 까다로운 데다 떼돈 버는 일도 아니고 말이야. 요즘 같아서는 차라리 공사판에서 노가다 나 하는 게 낫겠어. 너도 알다시피 고물 장사하면서 사람 쓸 형편 이냐? 잠만 재워달라고 해서 데리고 있었으니 더는 나한테 엉겨 붙을 생각일랑 마. 그나마 아들 같아서 귀띔해주는 거니까 너도 미리미리 갈 데 알아봐."

사장은 내가 추측한 것보다 훨씬 더 악랄한 게 분명하다. 잠자리를 제공한다는 빌미로 무임금으로 노동력을 착취하다니. 오봉호가 단단히 약점을 잡히지 않고서야 말도 안 되는 거래다. 어쩌면 오봉호도 나처럼 억울하게 누명을 쓴 건지도. 그래서 자기가 당한 대로 나한테도 똑같은 방법을 써먹었는지 모른다. 그렇게 생각하면 이 악덕 사장이 내 고초의 시작인 셈이다.

"고물은 다 내렸어?"

"아직요."

"에이, 느려터져서는. 빨리빨리 끝내."

생각은 나중에 하고 일단은 발밑에 불부터 꺼야지. 보아하니 닥치는 대로 주워 온 모양이다. 고기 굽는 녹슨 불판 몇 개와 수도꼭지, 철근 토막들이 든 묵직한 자루와 쇠파이프, 우그러진 자동차 휠, 피아노 교본이 잔뜩 담긴 박스가 전부다. 피아노 학원에서 내다 버린 건지 『바이엘』 교본만도 열 권이 넘는다. 표지는 하나같이 낙서투성이에다 책등은 다 벗겨져 낱장으로 흩어지기 직전이다. 옛날 생각이 난다. 피아노 앞에만 앉으면 왜 그렇게 지겹고 졸리던지. 5학년 때까지 레슨을 받았는데 기억나는 건 고작 "손가락은 계란을 쥐듯이 자연스럽게"뿐이라니, 허무하다. 지금이라도 피아노 앞에 앉으면 내 손가락이 그 시절을 기억할까?

자정이 가까워오는데 오봉호는 이틀째 코빼기도 내밀지 않았다. 매일 경과 보고 하기로 해놓곤. 이건 명백한 계약 위반이다. 혹 집에 무슨 일이 생긴 건 아닌지……. 만약에 오봉호와 나의 체인지가 들통나버렸다면? 엄마는 기절 내지 분노에 치를 떨겠지만 아빠의 반응은 전혀 예상할 수가 없다. 솔직히 두려우면서 사뭇 기대되는 것도 사실이다.

셋째 날

"꾸물거리지 말고 빨리 타."

사장의 재촉에 얼떨결에 트럭 조수석에 올라앉았다. 전혀 예상치 못한 일이라 긴장한 데다 계속된 수면 부족에 스트레스까지, 최악의 컨디션이다. 계속해서 식은땀이 흐른다. 사장이 뿜어대는 담배 연기 때문에 겨우 참고 있던 기침이 터져 나왔다. 사장이 쯧쯧 혀를 차며 창문을 내렸다.

"오뉴월 감기는 개도 안 걸린다는데 젊은 놈이 콜록대기는. 약은 먹었냐?"

"음…… 예."

"뭔 대답이 그 모양이야. 먹었다는 거야, 안 먹었다는 거야?"

"나중에 먹으려고요."

"검정고시 준비는?"

"뭐, 대강."

"너 요즘 나한테 뭔 불만 있냐?"

"없습니다."

"없기는, 인마. 대답하는 꼴을 보니 심통이 잔뜩 났는데, 뭘."

대답도 궁한데 눈 감고 자는 척이라도 해볼까. 슬그머니 등받이에 머리를 기대고 눈을 감았다. 채 1분이나 지났을까? 갑자기 모자가 확 벗겨졌다. 화들짝 놀라 눈을 뜨자마자 사장이 모자를 든 손으로 내 머리를 후려친다. 딴에는 장난이랍시고 비열하게 웃는 꼴이라니. 우왕, 열 뻗쳐!

"일어나, 인마. 사장이 운전 중인데 버릇없이 자? 영 기본이 안돼 있단 말이야."

"안 잤어요. 그냥 눈만 감고 있었는데 괜히."

"그래, 발끈하니까 너답다. 인마, 약 먹은 병아리마냥 비실거리지 말고 정신 바짝 차려. 이래저래 기분 더러운데 너까지 기운 빠지게 하지 말라고. 알았냐?"

"예. 근데 고물 팔러 오는 사람들은 어떻게 해요? 헛걸음할 텐데."

"뭐 알아서들 하겠지. 시간 되면 기다릴 테고, 아쉬우면 다시 올 테고. 그나마 내가 마당발이라 이런 일 가끔 거들고 콩고물이라도 얻어먹는 거지. 노인네들 가져오는 폐지나 고물 쪼가리 보고 있다 간 옛날 옛적에 벌써 굶어 죽었다."

오늘 일이 뭔지는 모르겠지만 사장이 흥흥대는 걸 보니 어쨌든 돈이 되는 일인 건 분명하다. 그래도 무거운 폐지 끌고 왔다가 허탕 칠 사람들 생각에 맘이 편치 않다. 사장이 재촉만 하지 않아도 메모라도 붙여놓고 왔을 텐데. 하긴 지금 딴 사람 걱정할 때가 아니지. 내 코가 석 잔데. 날 데리고 가서 얌전히 앉혀놓진 않을 테니 안 그래도 은근히 몸살 기운에 부대끼는데 살아서 돌아올지 걱정이다. 날 이런 구렁텅이에 밀어 넣다니, 생각할수록 오봉호 녀석, 이가 부득부득 갈린다. 오봉호를 증오하는 힘으로 하루하루를 버틴다.

"씨, 괜히 도시고속도로를 탔네. 좀 돌더라도 국도로 갈걸."

출근 시간이라 그런지 교통 정체가 심하다. 사장은 차가 멈춰 설 때마다 투덜거린다. 머리를 긁었다가, 핸들을 두드렸다, 라디오 주파수를 이리저리 바꾸며 불안감 조성하는 통에 완전히 새가슴이 됐다. 사장이 짜증을 부리는 사이 조금씩 차들이 빠지기 시작했다.

도심에서 그리 멀지 않은 곳인데 풍경은 영락없이 한적한 시골이다. 초록의 밭과 햇살을 받아 반짝이는 비닐하우스들이 드넓게 펼쳐졌다. 트럭은 큰 도로를 벗어나 밭 사이로 난 좁은 길을 따라 달렸다.

"저게 다 뭔 줄 아냐?"

"음…… 벼?"

"어이쿠, 무식한 놈아. 벼는 논에 심지."

"알로에?"

"땡!"

"모르겠어요."

"파다, 파."

국그릇에서 건져내던 파와는 사뭇 느낌이 다르지만 그렇다고 하니 그래 보이기도 하고, 이상한 냄새는커녕 싱싱한 초록이 제법 예쁘기까지 하다. 차가 속도를 늦추더니 좁고 울퉁불퉁한 비포장 길로 들어섰다.

"다 왔다."

드디어 차가 멈췄다. 산기슭에서 얼마 떨어지지 않은 곳으로 다 쓰러져가는 비닐하우스 두 동만 덩그러니 있을 뿐 주변이 휑하다. 멀리 집이 몇 채 보이긴 하지만 이웃이라기엔 무리가 있는 거리다.

"에헤, 이거 뭐 골조만 휘어서 박아놨네. 이러니까 고만 한 눈 무게도 못 이기고 무너져버리지. 쓸 만하면 중고로 넘기려고 했더니만 고철밖에는 안 되겠네. 빌어먹을! 기름값도 못 건지겠어. 약아빠진 놈이 철거만 해주면 그냥 넘긴다고 할 때부터 눈치챘어야 했는데 말이야."

사장이 기울어진 비닐하우스의 쇠파이프를 발로 툭툭 차며 볼멘소리를 했다. 기대에 부풀어 있더니 꽤나 실망한 모양이다. 쌤통이다! 비닐은 찢어져 흙과 뒤섞여 뒹굴고 골조를 이루는 쇠파이프는 기울어지고 꺾인 채 녹까지 슬었다. 오면서 보았던 꽤나 우람한 현대식 비닐하우스와는 달리 크기도 작고 골조부터가 허술해 보인다.

"넌 비닐부터 걷어서 정리하고 파이프 뽑아."

사장이 차에서 연장 통을 들고 왔다. 그리고 작업용 장갑 한 켤레를 내 쪽으로 던졌다. 목장갑에 손바닥만 빨간 고무로 코팅된 것인데 거의 걸레 수준에 냄새도 장난 아니다. 그냥 맨손이 낫겠다.

사장은 정말 일손이 빠르다. 내가 비닐을 걷어서 다 정리하기도 전에 벌써 한 동의 나사를 풀고 가로대를 다 떼어내고 다음 동을 시작했다. 빨리빨리 하라고 몰아붙이는 사장 눈치 보랴, 허술해 보이기만 하던 쇠파이프는 왜 또 이렇게 안 뽑히는지, 정말 젖 먹던 힘까지 짜낸다는 게 무슨 뜻인지 온몸으로 터득 중이다. 6월의 볕

이 이렇게 뜨거웠던가? 흙먼지와 땀으로 범벅이다. 정말 힘들다는 것 외에 아무 생각도 나지 않는다.

윽! 뭔가 손바닥을 뚫고 들어왔다. 골조를 연결하고 있던 구부러진 철사 조각이다. 깊숙이 찔렸는지 머리 꼭대기 정수리에서부터 발바닥까지 찌르르한 통증이 전해지더니 피가 뚝뚝 떨어진다.

"야, 너 죽고 싶어? 끼라고 준 장갑은 왜 안 꼈어? 하여튼 요새 젊은 것들은 죽어라고 말도 안 들어먹어."

안 그래도 아프고 짜증 나 죽겠는데 사장이 또 눈을 부라리며 태클을 건다. 차에서 휴지를 가져다 상처를 막고 눌렀다. 휴지 사이로 피가 배어 나온다. 휴지 몇 장을 더 갖다 붙이고 엉거주춤 그 자리에 주저앉았다.

"너 파상풍이 얼마나 무서운지 모르지? 친구 놈이 못에 찔려 열흘 만에 저세상 가는 걸 내 눈으로 똑똑히 봤거든. 손쓸 틈도 없이 바로 인생 하직하더라고. 그 뒤론 10년에 한 번씩 꼬박꼬박 파상풍 예방주사 맞잖아. 너도 혹시 모르니 병원 가봐."

덕분에 마무리는 몽땅 사장 몫이 되었다. 차라리 일을 하는 게 낫지 벌을 서는 기분이다.

피가 멎었는지 휴지가 상처에 붙어 떨어지지 않는다. 상처가 얼마나 깊은지 봐야겠지만 억지로 휴지를 떼면 다시 피가 날까 봐 마냥 주먹만 쥐고 있다.

만 원, 사장이 목욕비라며 내 손에 쥐여준 돈이다. 비닐하우스 두 동을 철거한 노동의 대가로는 참 터무니없다. 기진맥진한 나를 더 기운 빠지게 하는 빈약한 액수지만 그래도 태어나 처음 내 손으로 번 돈인데 목욕비로 홀랑 써버리고 싶진 않다. 소독약과 반창고, 박카스 한 박스를 샀다. 만 원의 무게가 제법 묵직하다.

"아이고, 인자 오네."

폐지 위에 쪼그리고 앉아 기다리고 있던 요구르트 할머니가 반색을 했다. 나는 인사 대신 박카스 한 병을 꺼내 내밀었다. 할머니는 박카스를 받고 요구르트를 주었다. 할머니의 호주머니에서 오래 데워진 요구르트가 미지근하다.

"손 다쳤나?"

"예, 조금."

"어데 얼마나 다쳤는지 보자."

"괜찮아요."

"점슴은 묵고?"

"예."

"힘 쓸라 하믄 잘 묵어야 된다. 우리 기영이도 딱 니만 할 긴데."

"아들이에요?"

"이놈아가 농도 할 줄 아네. 내가 일흔이 넘었는데 우째 니만 한 아들이 있겠노? 손자제. 요맨 할 때 미국으로 이민 갔는데 못 본 지가 벌써 10년이 넘었다. 내 죽기 전에 볼 수 있을란지……. 아가 지집아맨키로 곱상하게 생겨가지고 억수로 순하다아이가."

두건에 힙합 바지와 해골 프린트 셔츠, 피어싱을 하고 피스를 외치는 기영이가 할머니 앞에 나타난다면? 실없는 상상을 해본다.

"지금은 많이 변했겠죠."

"니 말이 맞다. 10년이면 강산도 변한다 카는데 우째 아가 그대로겠노. 그렇다고 우리 기영이가 어데 가나? 기영이는 기영이제."

얼굴도 모르는 기영이가 무진장 부럽다.

넷째 날

집게차가 와서 고물을 실어냈고 사장은 중간상과 말다툼을 했다. 주먹다짐으로 번질까 봐 조마조마했지만 결국엔 "못 해먹겠다!"는 둘의 공통된 푸념으로 마무리가 되었다. 저녁때가 되어서야 야적장이 텅 비었고, 엄마 아빠가 없는 낮 시간을 틈타 집에 다녀오려던 내 계획은 물 건너가버렸다.

목구멍이 뜨끔따끔하더니 열이 난다. 으슬으슬 춥다. 혹시 파상풍에 걸린 건 아닐까? 이러다 온몸이 마비되고 끝내 죽게 될지도 모른다. 이왕 죽을 거라면 아프지 않고 얼른 죽어버렸으면 좋겠다.

꼬질꼬질한 담요를 머리끝까지 뒤집어쓰고 누웠다. 기침을 할 때마다 간이침대가 슬피 운다.

"자냐?"

겨우 눈을 떠보니 오봉호가 이불을 들추고 나를 내려다보고 있다. 꿈인가? 스르르 다시 눈을 감았다.

"아프냐?"

오봉호의 손이 이마에 닿았다. 차가운 느낌에 몸이 저절로 움찔하는 걸 보니 꿈은 아닌가 보다. 오봉호가 이불을 확 걷어냈다.

"너 바보냐? 열이 나는데 이불 뒤집어쓰고 있는 무식한 놈이 어디 있어? 여긴 너 혼자야. 아파 죽어도 도와줄 사람 아무도 없다고."

냉정하고 싸가지 없는 놈. 내가 누구 땜에 이 꼴인데? 인간이라면 최소한 미안한 척이라도 해야지. 있는 힘을 다해 오봉호의 손에서 이불을 낚아채려 했지만 역부족이다. 오봉호는 오히려 이불을 구석으로 획 던지며 냉정하게 말했다.

"어리광 피우지 말고 나가서 찬물에 세수하고 정신 차려."

"다 집어치워. 나 집에 갈 거야."

비척비척 일어나 비닐 봉투에 넣어둔 내 옷가지를 꺼냈다. 등을 잡아채는 섬뜩한 한기를 느끼며 셔츠를 벗었다.

"그래, 가라 가. 엄마한테 징징거리는 꼴이 제법 볼 만할 거야. 나도 따라가서 구경 좀 하자. 서둘러."

"닥쳐!"

"소리 지를 힘 있으면 와서 이거나 먹어."

오봉호가 간이침대 위에 검정 비닐 봉투를 툭 내려놓았다. 그리고 검열하듯 뒷짐 지고 냉장고와 냄비 뚜껑을 열어보고 선반을 살피며 이죽거린다.

"이봐, 내 이럴 줄 알았지. 밥은 한 번도 안 해 먹었네. 넌 최소한의 자기 관리도 못하는 불평불만만 가득한 민폐형 인간이야. 난 너처럼 비실거리면서 인상 구기고 있은 적 없어. 너란 놈은 내 흉내조차 제대로 못 내고 있어. 알아?"

틀린 말은 아니다. 난 오봉호의 역할에 몰입할 수가 없다. 우스운 건 이영래로 살면서도 별반 다르지 않았다는 사실이다. 나는 끊임없이 나 자신을 부정해왔다. 아니, 어쩌면 내가 누군지 그런 건 중요하지 않았다. 엄마와 아빠, 할아버지, 친구들과 선생님의 눈에 비친 나를 살피기에 급급했으니까.

"노려보면 어쩔 건데?"

오봉호가 두 손으로 내 가슴팍을 밀어붙였다. 갑작스런 공격에 몸이 휘청거리며 벽에 등을 부딪치고 바닥에 나자빠졌다. 화가 치민다, 숨도 쉬기 힘들 만큼. 내가 그렇게 만만하냐? 왜 다들 나만 괴롭혀! 소리쳐 묻고 싶다. 그리고 내가 당한 만큼 똑같이 돌려주고 싶다. 그런데 모양 빠지게 주저앉은 채로 몸이 꼼짝도 하지 않는다.

"불쌍한 척하지 말고 일어나!"

오봉호가 내 멱살을 잡고 거칠게 일으켰다. 그리고 내 얼굴에 자기 얼굴을 바짝 갖다 댔다. 불과 10센티미터도 안 될 거리다. 숨소리까지 느껴진다. 소리를 지르며 나를 자극하고 있지만 오봉호는 흥분하지 않았다. 어느 때보다 침착하다. 오봉호가 낮은 목소리로 얼러댔다.

"속이 부글부글 끓지? 그런데 왜 가만히 있어? 너한테 필요한 게 뭔지 내가 가르쳐줄까? 액션이야, 액션. 생각만 하지 말고 소리를 지르고 주먹을 날리란 말이야."

오봉호가 움켜잡았던 멱살을 풀었다. 그리고 나야 어찌 되든 아랑곳없다는 듯이 냉정하게 컨테이너를 나가버렸다. 오봉호의 모욕과 선동에도 왜 난 주먹을 날리지 못했을까? 마치 모욕당할 준비라도 되어 있는 사람처럼. 이유는 하나다. 참고 참다가 적당한 자기 합리화로 스스로 위안하며 도망치는 것. 그것이 내가 아는 유일한 생존 방식이니까. 오봉호는 나보다 더 날 속속들이 꿰뚫어보고 있다.

한바탕 폭풍이 지나간 것 같다. 간이침대에 걸터앉아 오봉호가 가져온 비닐 봉투를 열었다. 호일에 싼 김밥 두 줄. 그러고 보니 빵과 우유로 대충 아침 겸 점심을 때우고 아직 아무것도 먹지 못했다. 배는 고프지만 전혀 먹고 싶지 않다. 보기만 해도 목구멍이 더 깔깔해지는 느낌이다. 겨우 물 한 모금을 삼켰다. 김밥을 밀쳐놓고 다시 간이침대에 쪼그리고 누웠다. 열 때문인지 머리가 멍하다. 오봉호의 말처럼 최소한의 자기 관리 차원에서 담요는 덮지 않기로 한다. "액션이야…… 액션……." 오봉호의 목소리가 머릿속을 맴돈다. 얼른 잠이 들어서 모든 걸 잊어버리고 싶다. 내가 이대로 죽어버린다면 오봉호는 옳다구나 하고 이영래로 살아갈까? 어쩌면 오봉호는 엄마 맘에 드는 아들이 될 수 있을지도 모른다. 그리하여 엄마가 동경하던 완전한 가족으로 모두가 행복해질지도. 나만 빠지면.

징그러운 벌레다. 너무 작아서 얼굴이 보이진 않지만 분명히 오봉호다. 작은 벌레는 어린 아기의 모습으로, 용 문신을 한 불량배로, 마침내는 형체조차 불분명한 괴물로 변신을 거듭했다. 괴물이 두리번거리며 나를 찾고 있다. 나는 양손으로 엄마 아빠의 손을 꼭 붙들고 무서워 엉엉 운다. 주변의 모든 소리를 덮어버릴 듯 떨어져 내리는 폭포의 굉음과 함께 머리 위로 물이 쏟아진다. 물의 낙차에 몸이 휘청거린다. 아찔한 현기증과 한기에 놀라 소리를 질렀고 그 소리에 놀라 눈을 떴다.

이런, 문 잠그는 걸 깜박했지. 일어나려다 그만둔다. 젠장, 곧 죽을 놈이 별걸 다 걱정한다. 될 대로 되라지. 맘보의 낑낑대는 소리에 이어 인기척이 들리는가 싶더니 오봉호가 나타났다. 이제 보니 오봉호는 내가 좋아하는 체크무늬 셔츠를 입었다. 블랙 진에 나이키 벨트, 심지어 메고 있는 가방까지 몽땅 내 거다. 빨간 모자만 빼고. 내가 나를 보고 있는 것 같다. 지금 오봉호는 이영래로 살고 있으니 당연한걸. 다 꿈 때문이다.

오봉호가 묵직해 보이는 비닐 봉투를 내 발치에 내려놓았다.

"손은 왜 그래? 다쳤어?"

"신경 꺼."

네 덕분에 치사율이 상당히 높다는 악명 높은 파상풍에 걸렸을지 모른다고 말해줄까 하다가 만다. 서프라이즈! 어쩌면 너에게 깜짝 선물이 기다리고 있을지도 모르니 기대하시라. 덤으로 약간의 죄책감까지.

"잘 거야, 가."

내 말이 떨어지기 무섭게 오봉호가 냉큼 돌아서 나간다. 이번엔 뭘 사 왔나? 봉지를 열어보고는 할 말이 없다. 헐, 막대 사탕 한 봉지와 아이스크림! 아픈 사람에게 주는 음식치곤 도무지 상식적이지 않다. 자학하는 심정으로 아이스크림을 듬뿍 떠 입안으로 밀어 넣었다. 그런데 어라? 그리 나쁘지 않다. 물을 삼키기도 힘들었는데 아이스크림은 부드럽게 넘어간다. 멍하니 앉아 기계적으로 숟가락질을 계속한다. 아이스크림이 줄어들수록 목구멍이 차갑게 마비되어간다. 더 이상 아픔이 느껴지지 않는다. 기분이 야릇하다. 달콤한 우울이 내 몸속에 차곡차곡 쌓이는 기분이랄까.

다섯째 날

눈을 떴다. 다행인지 불행인지 죽지 않고 살아 있다. 목은 침만 삼켜도 여전히 따끔거리고 잠겼지만 열은 내렸다. 상처 난 손도 조금씩 움직여진다. 내가 보기에도 너무 멀쩡해서 오히려 민망하다. 오봉호에게 죽을지도 모른다고 주절댔더라면 진짜 쪽 다 팔릴 뻔했다.

쟨 뭐야?

들어설 때부터 이상했다. 손수레를 미는 할머니 등에 얼굴을 묻고 엉덩이를 쭉 빼고 엉거주춤 걷는 모양새가. 앞에는 폐지를 가득 실은 손수레, 뒤에는 껌딱지처럼 붙은 여자애 사이에서 할머니는 제대로 샌드위치 신세다. 걸음을 옮기기도 힘들어 보이는데 할머니는 짜증을 내기는커녕 그저 무심한 표정이다. 굽은 허리에 왜소한 몸, 고물을 팔러 오는 노인들 중에서 나이가 제일 많아 보인다. 할머니가 저울 앞에 손수레를 멈추고 길게 한숨을 내쉬었다.

"휴, 이제 인사해야지."

"안…… 녕……."

여자애는 여전히 할머니 등에 붙은 채 기어들어가는 목소리로 말하다 말꼬리를 흐렸다. 그러더니 옆으로 살그머니 손을 치켜들었다. 왜 저래? 그냥 못 본 척한다. 할머니가 실어 온 폐지를 내리며 곁눈질로 흘낏 보니 여전히 손을 내민 채로 손가락을 꼼지락거리고 있다. 할머니가 어린아이처럼 여자애를 달랬다.

"할미 뒤에 숨어 있으면 안 돼. 차렷하고 씩씩하게 인사해야 된다고 가르쳐줬지? 자, 얼른 해봐."

"아, 아잉."

"에그, 오빠가 흉보네."

그제야 여자애가 할머니 등 뒤에서 삐죽이 얼굴을 내밀었다. 쑥스러운 듯이 연신 눈꺼풀을 깜박이고 입술을 힘주어 오므리며 어색한 웃음을 지었다. 고개를 들고 똑바로 서니 할머니보다 머리 하나는 더 있어 보인다. 아무리 봐도 덩치 큰 어린애는 아닌 것 같다. 양 갈래로 묶은 머리하며 뜨개질한 노란색 스웨터에 벙벙한 갈색 바지, 흰색 실내화용 운동화까지, 목에 걸고 있는 핸드폰만 아니었으면 영락없는 70년대 코스프레 하는 줄 알았겠다. 깨놓고 말하면 촌스러움의 극치다.

"안, 녕, 하, 세, 요."

"어, 안녕."

대답을 했는데도 차렷 자세로 가만히 서 있다. 선서를 할 때처럼 한 손을 든 채 요지부동이다.

"이거 좀 해줘라."

할머니가 손바닥을 마주치는 흉내를 냈다. 하이파이브? 할머니의 계속된 눈짓에 얼떨결에 손바닥을 살짝 가져다 댔다. 그제야 여자애가 웃는다. 웃는 얼굴이 천진난만하다. 그다지 밉상은 아니다. 할머니도 같이 웃는다. 참 별것도 아닌 일에 둘이 활짝 웃으니 난 어이가 없어서 웃는다. 젠장, 누가 보면 참 흐뭇한 풍경이라 하겠다.

"집에 있으라고 해도 그렇게 따라오려고 하더니, 우리 진희가 오빠 좋아하나 보네. 맞지?"

자연스럽게 오빠라 칭할 정도면 이 둘은 오봉호와 제법 막역한 사이? 오봉호인 척하며 친하게 대하기도 쑥스럽고 그렇다고 냉담하게 모른 척할 수도 없고 입장이 곤란하다. 부끄러워서 할머니 등 뒤에 숨어 있을 땐 언제고 여자애가 이젠 대놓고 날 졸졸 따라다닌다. 폐지를 저울에 달고 고물값을 가지고 나오는 동안에도 여자애 때문에 계속 신경이 쓰인다. 마지막 한 병 남은 박카스를 할머니에게 드렸다. 할머니가 뚜껑을 따서는 여자애의 손에 쥐여주었다.

"고맙습니다."

여자애가 날 향해 또 웃는다. 뭘, 너한테 준 거도 아닌데. 여자애가 그 자리에 쪼그려 앉아 박카스를 홀짝거렸다. 할머니도 몸 빼 바지의 먼지를 툭툭 털어가며 폐지 위에 걸터앉았다. 난 둘에게 등을 돌리고 쌓아놓은 병들을 분류해 플라스틱 통에 담기 시작했다. 간혹 닫혀 있는 소주병은 뚜껑을 제거해야 한다. 갇혀 있던 독한 알코올 향이 훅 끼친다. 하나, 둘, 되풀이할수록 마치 취한 것처럼 머리가 몽롱해졌다. 아무래도 몸살이 완전히 나은 게 아닌가 보다. 뒤통수에 줄곧 여자애의 시선이 느껴진다. 어쩌면 내 착각일 수도 있고.

"우리 진희가 그날 많이 놀랐는지 복지관에도 못 나가고 며칠을 앓아누웠었어. 에그, 천하에 못된 놈들. 오 군 아니었으면 무슨 험한 일을 당했을지. 그거 생각하면 아직 살이 부들부들 떨리고 잠도 안 와. 제 딴에는 고마웠는지 몸 추스르고 일어나자마자 고물 주우러 가자고 얼마나 성화를 부리는지. 그냥 오기 부끄러우니 고물 핑계 대고 오고 싶어 그런 거겠지? 고마운 것도 알고 부끄러운 것도 아는데, 휴……."

오봉호가 아닌 내가 그 자리에 있었다면? 아마도 못 본 척 얼른 자리를 떴겠지. 그럼 지금쯤 진희는 어떻게 되었을까? 적어도 지금처럼 웃으며 내 앞에 있지는 못했을 거다. 만약 호수로 들어간 그 남자를 본 게 내가 아니고 오봉호였다면…… 그를 위해 어떤 제스처든 취했겠지. 이게 오봉호와 나의 차이다. 이기적인 방관자,

내가 비겁했단 걸 인정하지 않을 수 없겠다.

"오빠, 짱."

여자애의 한마디가 통 튀어 올랐다. 나도 모르게 휙 뒤를 돌아보았다. 여자애와 눈이 마주쳤다. 잔뜩 찡그린 내 표정 따윈 아랑곳없다는 듯이 여자애가 엄지를 치켜들고 생긋 웃는다. 자꾸만 웃는다.

지나는 차들의 번쩍이는 전조등, 영원히 허물어지지 않을 듯 견고하게 버티고 늘어서 있는 고층의 아파트들, 종종걸음으로 지나는 말쑥한 옷차림의 사람들, 고물섬 밖의 세상이 낯설다. 집이 가까워질수록 보이지 않는 손이 내 심장을 내리누르는 듯 가슴이 답답하다. 그동안 애써 생각하지 않으려 외면해왔던 불길한 상상들이 자꾸 불쑥거려 당장 뒤돌아 도망치고 싶다.

108동, 우리 집 앞이다. 1층, 2층…… 12층, 13층, 14층, 바로 저기다. 거실에 불이 켜져 있다. 엄마 방의 창에도 불빛이 환하다. 내 방과 서재는 밖에서 보이지 않으니 확인할 수 없다. 얼른 건물의 반대편으로 가서 다시 층을 세어 올라간다. 14층, 부엌으로 난 작은 창에도 불이 켜져 있다. 집집마다 불빛의 색이 다르다는 걸 오늘에야 처음 알았다. 노르스름한 빛, 푸르스름한 빛, 하얀빛, 쨍하게 밝은 빛에서부터 금방이라도 꺼질 듯 어두침침한 빛까지. 커튼을 쳤는지, 창문이 열렸는지 닫혔는지에 따라서도 제각각 달라 보인다. 그중에서 우리 집은 노르스름한 빛으로 다른 집보다 약간 어두워 보인다. 거실에 달린 세 개의 전구 중 하나가 수명이 다해서 꺼진 지 오래다. 지난겨울쯤인가, 엄마가 아빠에게 갈아 끼우라고 했었는데.

지하 주차장으로 가는 계단 앞에서 귀를 기울인다. 혹시나 날 알아보는 이웃들과 만나게 될까 봐 조심스럽다. 얼른 두 계단씩 뛰어 지하 2층으로 내려갔다. 아빠는 늘 늦게 귀가하니까 1층에는 자리가 없다. 지하 2층의 제일 안쪽, 아빠 차가 주차되어 있다. 차 보닛 위에 손바닥을 대본다. 열기가 느껴지지 않는 걸 보니 들어온 지 꽤 되는가 보다. 10시 40분밖에 안 됐는데? 아빠의 이른 귀가가 다행인가, 아닌가? 지금 집에는 엄마, 아빠, 오봉호가 함께 있다. 셋이 마주 보고 있는 모습을 생각만 해도 등골이 서늘해진다.

여섯째 날

어스름이 깔려가는데 진 씨 할아버지와 맘보가 아직 돌아오지 않았다. 여느 때 같으면 벌써 돌아올 시간이 지났다. 오늘은 일찌감치 문 닫고 피시방이나 가려고 했는데 김샜다. 괜히 고물 사이를 휘적거리며 걸어다니다 발에 거치적거리는 깡통을 힘껏 찼다.

깡통이 고철 더미에 부딪혀 와장창 소리를 내며 떨어졌다. 속이 좀 후련하다. 깡통을 분류해서 담아놓은 자루를 쏟았다. 하나, 또 하나…… 계속해서 깡통을 찼다. 정해진 과녁은 없다. 여기저기, 내 맘대로. 한 자루를 다 차고 나면 속이 뻥 뚫릴까?

"그만해라, 정신없다."

깡통 차기에 너무 빠져 있었나 보다. 진 씨 할아버지가 들어오는 것도 보지 못했다. 할아버지가 손사래를 치며 고함을 지르고서야 뒤를 돌아보았다. 한눈에 봐도 할아버지의 몰골이 말이 아니다. 오늘따라 다리는 더 심하게 절름거리고 금방이라도 주저앉을 듯이 휘청거린다.

"맘보는요?"

할아버지가 등 뒤의 리어카를 향해 턱짓을 했다. 뭔가 느낌이 심상찮다. 뛰어가 리어카를 들여다보았다.

"맘보!"

맘보가 네 다리를 옆으로 뻗은 채 쓰러져 있다. 내 기척에 힘겹게 고개를 움직이려는 것 같은데 맘대로 되지 않는 듯 낑낑거리는 소리조차 제대로 내지 못한다. 순하던 눈에 흰자위를 드러내고 입가는 흘러내린 침과 거품으로 엉망이다. 왈칵 눈물이 쏟아지려는 걸 입술을 깨물었다.

"맘보가 왜 이래요?"

"차가 들이받았다……. 다 내 탓이다."

"그럼 병원으로 데리고 가야지 이리로 오면 어떻게 해요?"

"가망 없다."

"에이 씨, 할아버지가 의사도 아니면서!"

내가 소리를 빽빽 지르는데도 할아버지는 미동도 없이 여전히 맘보에게서 등을 돌린 채다. 차마 맘보를 똑바로 볼 수 없어서겠지. 떨리는 손으로 맘보를 쓰다듬었다. 따뜻하다. 팔딱이며 심장이 뛰고 숨을 쉬는데 이대로 지켜볼 수만은 없다.

어디 있더라? 급하니까 머리가 제대로 돌아가지 않는다. 오봉호의 여행 가방을 풀어헤쳤다. 옷 사이에서 통장과 도장이 든 지갑을 찾아냈다. 통장을 펼쳐 잔고를 확인했다. 56만 290원, 오봉호의 전 재산이다. 오봉호가 통장을 건네줄 때 설마 내가 이 통장에 손 댈 일이 생길 줄은 몰랐다. 토요일이지만 현금인출기에서 찾으면 되겠지. 나중에 오봉호가 뭐라 하건 그때 생각하자. 지금 당장 맘보를 살릴 수 있는 사람은 나밖에 없다.

리어카를 끌고 거리로 나섰다. 주말이라 그런지 지나는 사람들이 많다. 나를 흘낏거리는 눈길이 느껴지지만 신경 쓸 겨를이 없다. 맘보에게 충격이 갈까 봐 뛰지도 못하겠고 최대한 빠른 걸음으로 동물 병원을 찾아 헤맸다. 도대체 어디 있는 거야? 어디선가 본 것 같은데 마음만 급하고 기억이 안 난다. 편의점에 들어가 물어본다. 모르겠단다. 식당 주차 요원도 고개를 가로젓는다. 화장품 가게로 들어갔다. 판매원 아가씨가 피식 웃으며 "이 건물 2층이오"라고 말해준다.

맘보야, 조금만 참아!

조심스럽게 맘보를 안아 올렸다. 축 늘어진 맘보는 생각보다 무겁다. 다행히 병원은 아직 진료 중이다.

"무슨 일이 있었죠?"

"교통사고라는데 자세히는 모릅니다."

의사가 맘보의 눈꺼풀을 열고 작은 전등을 비췄다. 동공이 거의 움직이지 않는다. 오는 사이 상태가 더 나빠졌나 보다.

"엑스레이부터 찍읍시다."

축 늘어진 맘보를 두고 진료실에서 물러났다. 지금으로선 기다리는 것 외에 내가 해줄 것이 없다. 간호사가 날 부른다.

"이름은요?"

"이영래."

"아니, 보호자 분 말고 개 이름이 어떻게 되죠?"

"맘보요."

"견종은요?"

"모릅니다."

"나이는요?"

"잘 모르겠는데요."

"보호자 아니세요?"

"보호자는…… 아니, 보호자 맞아요."

간호사가 고개를 갸웃하며 날 아래위로 훑어본다. 하루의 노동이 덕지덕지 묻은 초라하기 짝이 없는 행색에다 손톱 밑에 낀 새까만 때, 손을 호주머니에 쑤셔 넣으며 짐짓 당당한 척 말했다.

"엑스레이 찍을 동안 잠깐 나갔다 올게요. 10분이면 돼요."

"그러시면 여기 집 주소랑 전화번호 기재해 주세요."

펜을 받아 들고 잠시 망설이다 고물섬의 주소와 전화번호를 썼다.

"핸드폰은 없으세요?"

번호를 적어주고 돌아서는데 또 간호사가 불러 세운다.

"저, 잠깐만요."

간호사가 겸연쩍은 미소를 띠며 전화기의 버튼을 눌렀다. 내 바지 호주머니에서 핸드폰이 진동한다. 내가 핸드폰을 꺼내니 간호사가 바로 전화기를 내려놓았다.

"죄송해요. 절차상 확인을 해야 해서요."

빌어먹을, 버리고 도망갈까 봐? 확 열이 솟구치지만 맘보를 생각해서 싫은 내색도 못하겠다.

마트 안에 설치된 현금인출기 앞에 서서야 깨달았다. 아차차, 비밀번호를 모른다! 의심스럽게 훑어보던 간호사의 얼굴이 어른거린다. 오봉호에게 화가 치민다. 왜 핸드폰이 없어! 내 입으로 집 전화는 절대 받지 말라고 했으니 전화를 한다 해도 오봉호가 받을지 미지수다. 그렇다고 집으로 뛰어가는 건 미친 짓이다. 보험이 안 되니 사람보다 동물의 진료비가 턱없이 비싸다는 건 상식이다. 고물섬에 가봤자 병원비로 유용할 만큼의 현금이 없다. 아무리 머리를 굴려봐도 맘보의 병원비를 빌릴 사람이 생각나지 않는다. 지금으로선 대안이 없다. 벌써 간호사와 약속한 10분이 다 되어간다. 요행을 바라며 집으로 전화를 걸었다. 제발 받아라, 받아라…… 안 받는다. 다시, 또다시, 또…….

"네."

너무 짧고 작게 말해서 누군지 모르겠다. 난 섣불리 입을 열 수 없다. 상대도 아무 말 없이 수화기를 들고만 있다. 제발, 한마디만 더 해봐!

"누구……세요?"

엄마 아빠 목소리는 분명히 아니다. 오봉호가 제 딴에는 나인 척 목소리를 변조하고 있는 거다.

"나야."

"너 미쳤어?"

"나중에 설명할 테니까 통장 비밀번호나 말해."

"뭐?"

"통장 비밀번호, 빨리빨리!"

"안 돼. 그냥 맡아두라 했지 쓰라고는 안 했어."

"당장 말 안 하면 지금 당장 집으로 뛰어갈 거야. 아니, 그보다 먼저 엄마한테 전화해서 다 실토해버린다. 나 장난 아냐."

"……."

"이 새끼야, 빨리 말해! 갚아줄 테니까."

"2, 0, 0, 2. 근데 너……."

됐다. 더 들을 말 없다. 돈을 빼자마자 뛰기 시작했다. 호주머니에서 핸드폰이 진동했지만 무시한다. 오봉호거나 간호사거나, 둘 중에 하나겠지.

가쁜 숨을 참으며 태연한 척 병원으로 들어섰다.

"보호자 분, 이쪽으로 들어오세요."

맘보가 하얀 패드가 깔린 진료대에 누워 있다. 뻣뻣하게 굳은 맘보의 네 다리가 부르르 떨리며 경련을 일으켰다. 좀 전보다 더 안 좋아진 거다. 날 보더니 의사가 엑스레이 사진을 끼운 판에 불을 켰다. 앙상한 맘보의 뼈가 드러났다. 의사가 사진을 가리키며 뭐라 뭐라 설명을 한다. 뭐라는지 모르겠지만 얌전히 듣는다.

"다시 말하면 척추가 완전히 손상돼서 가망이 없어요."

"그래도 치료를 하면……."

의사가 고개를 가로젓는다. 꽤 심각한 표정을 지으며 맘보를 내려다본다. '가망 없다'란 말을 참 쉽게도 한다. 제발, 치료해보겠다고 말해!

"벌써 항문까지 열렸으니 이대로 두면 개가 너무 고통스럽죠. 이런 경우 저희들은 안락사를 권합니다만 보호자가 결정해야 할 문제지요."

"잠시…… 잠시만 생각 좀 할게요."

의사가 친절하게 의자를 권한다. 앉으면 다시는 일어나지 못할 것 같아 사양한다. 의사가 눈치껏 자리를 피해준다. 이제 맘보와 나, 단둘이다. 맘보가 누운 진료대에 몸을 의지한 채 멍하니 창밖을 본다. 그새 어둠이 짙게 내려앉았다.

"맘보야…… 많이 아파?"

맘보의 발을 만져본다. 발바닥이 너무 새카맣고 딱딱해서 애처롭다. 하지만 지금은 슬픔에 젖을 때가 아니다. 또다시 도망치지는 않겠다. 결정을 내려야 한다. 후회하지 않을, 아니 어떤 결정을 내리든 후회는 내 몫이다. 철저히 맘보를 위한 최선의 선택이면 된다. 맘보의 항문에서 누런 액체가 흘러내려 하얀 패드를 적신다. 힘겹게 팔딱이는 맘보의 심장 위에 내 손을 내려놓는다. 이상하게 마음이 편안해진다. 간호사가 들어오며 조심스럽게 묻는다.

"결정하셨어요?"

"예."

마지막 날

　뒤척이다 결국 뜬눈으로 밤을 새웠다. 맘보가 낑낑거리는 환청에 시달리다 견디다 못해 새벽부터 야적장에 나와 쌓아놓은 폐지 위에 올라앉았다. 하늘이 희뿌옇게 밝아온다. 맘보가 없는 것만 빼면 어제와 똑같다. 그런데 날 둘러싼 모든 것이, 심지어 나 자신조차 낯설게 느껴진다. 처음 고물섬을 기웃거리던 그날보다 더. 꼭 그럴 수밖에 없었나? 어제의 상황을 곱씹고 또 곱씹는다.

　천둥이 치는 줄 알았는데 문을 두드리는 소리다. 폐지 위에 누워 깜박 잠이 들었나 보다. 허겁지겁 문을 열었다.

　"여태 잤나?"

　"예, 깜박 졸았어요."

　"해가 중천에 떴다. 어데서 뭣을 하고 살든지 정신 바짝 채리고 바지런해야제. 슬렁슬렁 대충대충 일하믄 누가 좋아하것노. 아침부터 잔소리하니까 듣기 싫제?"

　"아니요."

　"이거 마시고 얼릉 폐지 무게나 달아도."

　할머니가 요구르트를 내 손에 쥐여준다. 거절하지 않고 얌전히 받아 마신다. 일주일간의 경험으로 보면 달달한 요구르트로 하루를 시작하는 것도 그리 나쁘지 않았다. 할머니는 내가 폐지 무게를 다는 동안 야적장 여기저기 흩어진 깡통을 줍기 시작했다. 어제 내가 발로 차버린 깡통들이다.

"두세요, 제가 할게요."

"죽으믄 썩을 몸인데 손 재놓고 놀믄 뭐하노."

저렇게 부지런한데 왜 폐지나 주우며 외롭게 혼자 사는 신세가 됐는지 모르겠다. 운명이 놓은 지뢰를 밟았거나, 이놈의 세상이 뿌린 대로 거둘 수 없이 불공정하거나, 아님 둘 다이거나. 뭐가 됐든 씁쓸하다.

"에고, 강새이는 진 영감이 뎄고 갔나 보네. 고놈 여기 맡기고 혼자 아들네 들어가서 지내니 영 맴이 안 좋다 하더만은."

진 씨 할아버지의 리어카가 있던 자리는 비어 있다. 더 이상은 가쁜 숨조차 쉬지 않는 뻣뻣하게 굳은 맘보를 싣고 터덜터덜 돌아온 나를 보던 할아버지의 텅 빈 눈동자. 날 향해 우물우물 무슨 말인지 했지만 난 알아듣지 못했다. 다시 묻고 싶지도 않았다. 할아버지가 맘보를 실은 리어카를 끌고 발걸음을 옮겼다. 바윗덩어리라도 올려놓은 듯 아주 힘겹게 천천히 움직였다. 모름지기 리어카는 힘이 아니라 기술로 끈다던 할아버지에게 맘보는 그 알량한 기술이 통하지 않는 무게의 존재였는지 모르겠다. 그렇게 할아버지와 나는 서로를 원망하지도, 자초지종 따지지도 않고 맘보를 보냈다.

할머니가 돌아가자마자 오봉호가 나타났다. 두리번거리며 내가 혼자 있는 걸 확인하고 나서야 후다닥 뛰어들어왔다. 아침부터 온 걸 보니 밤새 조바심을 친 게 분명하지만 난 오히려 느긋하다. 오늘만 지나면 모든 일상이 제자리로 돌아갈 것이므로.

"얘기 좀 하게 들어와."

"먼저 들어가. 나 지금 이거 정리해야 돼."

오봉호가 고까운 눈빛으로 쏘아보다 컨테이너로 들어갔다. 난 할머니가 줍다 남은 깡통들을 자루에 마저 주워 담고 손을 씻었다.

"내 통장 내놔."

"네 입으로 분명히 나한테 전 재산을 맡긴다고 했었지? 최소한 내가 오봉호인 동안은 그 돈 쓸 권리가 있다고 생각하는데."

"너랑 말씨름할 생각 없어. 얼른 통장이나 내놔."

통장을 책상 위에 던져주었다. 오봉호가 통장을 펼쳤다. 통장 사이에 끼어 있던 지폐 몇 장이 바닥으로 떨어졌다. 병원비로 쓰고 남은 돈이다.

"이십만 원?"

"아니지. 거기 남은 돈 있잖아."

오봉호가 떨어진 돈을 주워서 셌다. 그리고 통장을 뚫어져라 노려보다 마침내 입을 열었다. 처음보단 한결 진정된 목소리다.

"어디 썼냐?"

"말하기 싫어."

"이게 어떤 돈인데 네가 흥청망청 손을 대?"

"왜 못 써? 네 돈에는 금테 둘렀냐?"

"이 자식!"

오봉호의 주먹이 내 얼굴로 날아들었다. 본능적으로 얼굴을 감싸 쥐었다. 만화에서 늘 그렇듯 쌍코피라도 터져줘야 되는데 더럽게 아프기만 하다. 그동안 억울하게 당한 일들이 마치 파노라마처럼 머릿속을 휘리릭 돌았다. 쉴 새 없이 카운트다운을 하던 머릿속의 숫자판이 갑자기 작동을 멈추었다. 이건 이성을 잃었다는 위험신호다. 그런데 주먹을 한 번 뻗어보기도 전에 오봉호의 연타가 다시 날아들었다. 에이, 이판사판이다. 두 눈 질끈 감고 온몸의 힘을 실어 오봉호를 향해 무조건 돌진! 둘이 부둥켜안고 뒤로 넘어졌다. 엎치락뒤치락 뒤엉켜 서로 되는대로 주먹을 내질렀다.

"아아아, 아아악!"

엄청나게 큰 비명 소리다. 우리는 동시에 동작을 멈춘 채 소리 나는 쪽을 올려다보았다. 오봉호에게 깔려서 제대로 보이지 않는다. 누구냐, 넌? 정체를 밝히지 않은 채 계속해서 소리만 질러댄다. 컨테이너 안이 쩌렁쩌렁 울린다. 이건 거의 비명 폭탄이다. 날 깔고 앉아 있던 오봉호가 주먹을 거두고 일어났다.

"진희야, 그만해! 우리 그냥 장난치고 있었던 거야."

"아아아!"

"야, 너도 얼른 일어나."

오봉호가 날 재촉했다. 나도 일어나 오봉호와 나란히 섰다. 일단은 저 비명을 멈추게 하는 게 급선무니까.

"봐, 아무렇지도 않아. 괜찮지?"

오봉호는 심지어 날 보며 웃어 보이기까지 했다. 영락없이 뻔하고 유치한 코미디의 한 장면인데 효과가 있었는지 비명이 멈췄다.

"잘했어."

오봉호가 손을 들어 진희와 하이파이브를 했다. 둘이 죽이 척척 들어맞는다. 진희가 내게도 손을 내밀었다. 오봉호가 옆구리를 쿡 찌른다. 마지못해 손바닥을 마주 댔다. 엎치락뒤치락하느라 둘 다 모자가 벗겨지고 없다. 진희의 눈동자가 오봉호와 나 사이를 바쁘게 오갔다. 진희는 진짜 오봉호를 가려낼 수 있을까? 진희가 흡사 냄새라도 맡을 기세로 우리에게 바짝 다가섰다.

"흠, 똑같네."

꽤나 확신에 찬 말투다. 다행으로 여겨야 하나? 누가 봐도 지금은 내가 더 오봉호 같을 텐데.

"안 똑같아. 다시 잘 봐요."

오봉호가 내 말을 무시하고 얼른 진희를 돌려세웠다. 오봉호에게 등 떠밀려 나가려던 진희가 다시 돌아서더니 이를 드러내고 히죽 웃었다. 그러더니 검지를 세워 내 얼굴을 건드리려고 했다. 내가 얼굴을 빼며 뒤로 물러났다. 그러자 이번엔 오봉호의 얼굴을 손가락으로 콕 짚으며 말했다.

"여긴 없네."

오봉호가 없다면 그럼 나는 있다는 말? 졸지에 오봉호와 난 서로를 마주 보았다. 별 눈에 띄는 차이점을 못 찾겠는데…… 설마 진희에게 둘 다 당한 거야? 픽 웃음이 터져 나왔다. 그런데 오봉호는 전혀 웃지 않는다. 에이, 이래저래 나만 모양 빠지게 됐다. 입맛을 다시며 슬며시 웃음기를 지웠다.

"진희야!"

야적장에서 할머니의 고함 소리가 났다. 할머니한테 들키면 정말 큰일이다. 이 빌어먹을 상황을 구질구질 늘어놓으며 할머니를 이해시키려고 해봤자 믿어줄 리 없다. 모자를 찾아 쓰고 얼른 밖으로 뛰어나가 할머니를 막아섰다. 나를 보자마자 할머니가 숨을 몰아쉬며 다급하게 물었다.

"우리 진희 여기 왔지?"

"네, 방금."

"진희야, 진희야!"

"나올 거예요."

"저리 비켜라."

할머니가 우악스럽게 나를 밀쳤다. 예전의 푸근한 할머니의 모습이 아니다. 굉장히 화가 난 모양이다. 막으면 오히려 더 오해를 받을 것 같다.

"할머니이."

때마침 진희가 천연덕스럽게 걸어 나온다. 오봉호가 시켰는지 얌전하게 컨테이너의 문까지 꼭 닫고서.

"아이고, 이것아! 혼자 다니지 말랬지."

할머니가 다짜고짜 주먹으로 진희의 등짝을 후려쳤다. 진희가 두 손바닥을 싹싹 비비며 울먹였다.

"할머니, 잘못했어요……."

"왜 이리 속을 썩여……."

진희가 할머니에게 질질 끌려 나갔다. 할머니의 호통 소리가 서서히 멀어졌다.

담장 밖이 소란스럽다. 일요일이라 교회로 가는 사람들과 차들로 한적하던 길이 북적인다. 열린 문으로 호기심과 경계를 담은 눈빛들이 야적장 안을 기웃거린다. 일부러 쾅 소리 나게 문을 닫아걸었다.

"이왕 써버린 거, 돈 문제는 접자. 맘보는?"

"진 씨 할아버지에게 물어봐."

"자, 받아."

오봉호가 내 학생증을 내밀었다. 이젠 정말 끝이구나.

"정확하게 오늘 밤 12시에 체인지하자."

"시간 꼭 지켜."

지금 당장이라도 여기를 벗어나고 싶지만 깨끗하게 마무리하기로 마음을 고쳐먹는다.

"아, 홀가분해! 이제 멋지게 파도를 탈 수 있을 것 같아."

"됐고, 다시는 보지 말자."

그동안 미안했다는 사과 한마디쯤은 할 만도 한데 끝까지 뜬구름 잡는 소리라니. 뭐, 어찌 됐든 오봉호가 원하던 걸 얻었다니 더는 내게 달라붙을 일 없겠지.

"기죽지 말고 씩씩하게 잘 살아."

낯간지러운 어쭙잖은 인사를 하며 오봉호가 내 얼굴을 빤히 본다. 엄청 진지한 표정이다. 쳇, 돈 때문에 난리 발광할 때는 언제고. 이러다 이별의 포옹이라도 하자고 덤빌라. 보란 듯이 썩소를 지으며 등을 돌렸다.

기다리고 기다리던 12시. 내 옷으로 갈아입고 가방을 메고 모자를 눌러썼다. 이제 준비는 끝났다. 야적장을 휘 둘러본다. 맘보가 앉곤 하던 자리에서 눈길이 떨어지지 않는다. 미안하다 맘보…….

나는 이제 고물섬을 떠난다. 일주일 동안 산전수전 다 겪은 비장한 기분이다. 여기서 보낸 시간들을 아주 오래 잊지 못할 거란 섬뜩한 예감마저 두고 갈 수 있으면 좋으련만.

숨은그림찾기

오래 숨 쉬어온 공간의 모든 것이 달라졌다. 현관에 줄 맞춰 가지런히 놓인 신발들, 불과 며칠 만에 거실 등은 눈부시게 밝아졌고, 분류되지 않은 채 어지럽게 쌓여 있던 재활용품들은 말끔히 사라졌다. 그리고 무엇보다 엄마 아빠의 이른 귀가. 도대체 내가 없는 일주일 동안 이 집에서 무슨 일이 있었던 걸까?

"밥 먹자."

조심스런 노크 소리에 이어 역시나 조심스러운 엄마의 목소리. 잘못 들은 게 아니다. 분명히 '먹어'가 아닌 '먹자'였다. 청유형은 우리 집에선 오래전에 사라졌던 말법이다. 뭔가를 함께 해본 기억이 가물가물한데 더군다나 같이 밥을 먹자니! 영 머쓱하지만 일단은 얼굴에 철판 깔고 동참하기로 한다. 새삼스레 화목한 가족 흉내를 내려는 엄마의 속셈을 알아내야 하니까. 솔직히 집 밥이 먹고 싶기도 하고.

아빠, 엄마가 식탁에 앉아 있다. 내가 앉기를 기다린 듯 아빠가 숟가락을 들어 식사의 시작을 알렸다. 오늘이 누구 생일인가? 아닌데……. 하긴 생일에만 미역국 먹으란 법은 없지. 김치, 갈치구이, 호박전, 오이무침, 양파장아찌. 우리 집 식탁을 책임지던 인스턴트 음식이 하나도 없다. 그나저나 식탁 언저리가 너무 조용해서 반찬을 집어 먹기 부담스럽다.

"모자 벗었네? 거 봐, 밥 먹을 때만이라도 벗으니까 얼마나 좋아."

오봉호, 참 배짱도 좋다. 들킬까 봐 피해 다닐 법도 한데 같이 앉아 천연덕스럽게 밥까지 먹었단 말이지. 이렇게 가까이에 마주 앉아서 오봉호와 나를 가려내지 못한 엄마 아빠는 또 뭔가! 밥이 목구멍을 긁으며 내려간다. 국에 밥을 말았다. 엄마가 갈치구이를 내 앞으로 밀어준다.

"너 생선 좋아하잖아. 많이 먹어."

헛소리, 날 알아보지도 못했으면서! 숟가락질에 속도를 붙인다. 엄마는 더 이상 권하지 않는다. 아직 아빠는 한마디도 하지 않았다. 그렇다고 화가 난 것 같지는 않다. 드러내놓고 내게 관심을 표하는 엄마와는 달리 아빠는 은근히 날 관찰하는 눈치라고나 할까.

혹 뭔 낌새를 챘나? 설사 그렇다 해도 쉽사리 내색할 리가 없지. 내가 제일 먼저 숟가락을 내려놓았다. 더 앉아 있을 명분이 없어 미적거리며 일어섰다.

"디저트 먹고 들어가."

엄마가 잡는다. 마지못한 척 다시 털썩 자리에 앉았다. 엄마 아빠가 식사를 하는 동안 뿌루퉁한 얼굴로 벽면 수행한다. 아빠가 못마땅한 얼굴로 내 다리를 힐끗 본다. 그제야 내가 다리를 떨고 있었다는 걸 알았지만 개의치 않는다. 식탁 위의 반찬은 그대로다. 셋 다 약속이나 한 듯이 국에 말아 밥만 먹은 거다. 이 자리가 나만 불편한 게 아니라는 뜻이겠지. 엄마가 각자의 접시에 딸기를 담아 내왔다. 올해 들어 처음 먹는 딸기지만 그리 내키지 않는다.

"딸기가 끝물이야. 하긴 요즘은 제철 과일이란 말도 별 의미가 없긴 하지만."

아무도 엄마의 말에 대꾸하지 않는다. 그래도 엄마는 꿋꿋하게 입에 발린 대사를 잘도 끌어낸다. 무덤덤하게 과육을 으깨고 삼켰다. 엄마가 실없이 웃음을 흘린다.

"있지, 네 말대로 나도 이제부터는 향과 맛을 음미하면서 천천히 먹으려고 해."

젠장, 딱 들어도 오봉호의 대사다. 미친 놈, 그 낯간지러운 설레발을 엄마 앞에서까지 늘어놓다니! 이건 뭐, 내가 오봉호의 자리에 몰래 기어들어 와 있는 기분이다. 도대체 이해할 수가 없는 건 엄마처럼 딱딱한 갑옷을 입고 있는 사람이 저따위 감상적인 말에 홀랑 넘어가 태도가 돌변했다는 사실이다. 어쨌든 오늘은 아주 소득이 없었던 건 아니다. 엄마의 말을 통해서 몇 가지 사실은 확인됐다. 오봉호는 엄마 아빠와 함께 밥을 먹었으며, 엄마 아빠는 오봉호와 내가 바뀐 걸 눈치채지 못했고, 두 분이 마주 앉아 있을 만큼 화해의 무드가 조성되었다는 거다. 그리고 이 모두가 오봉호가 일주일 만에 만들어낸 결과란 것.

유니콘, RG프리덤 건담, 트라잼라이저, 마지막으로 티타늄으로 마감된 시난쥬를 골랐다. 붉은 광채와 완벽한 디테일의 시난쥬 로봇은 보고만 있어도 감격스럽다. 하지만 아쉽게도 이제 내 손을 떠나야 한다. 솔로 먼지를 털어내며 어디 깨지거나 부러진 데는 없는지 꼼꼼히 살핀다. 애들이 돋보이도록 스탠드로 조명을 비추고 하나씩 사진을 찍어나갔다. 사진이 맘에 들 때까지 찍고 또 찍고. 생각만큼 만만한 작업이 아니다. 이 정도면 사람들의 눈을 사로잡을 수 있을까? 가격을 낮게 책정했지만 완제품이라 팔릴지 의문이다. 그래도 내가 가진 것 중에 돈이 될 만한 건 로봇들밖에 없으니 어쩔 수 없다. 오봉호의 통장 계좌 번호를 메모해 왔으니 송금하고 나면 꺼림칙한 기분도 날아가겠지. 사실 꺼림칙한 오봉호를 생각하면 백번 떼먹어도 상관없지만 맘보를 욕보이는 것 같아서 맘을 바꿔 먹었다. 마지막으로 사진과 상세 설명을 곁들여 프라모델 벼룩시장에 올리기까지 밤을 꼴딱 샜다. 내게 있는 에너지를 몽땅 소진한 게 틀림없다. 손끝 하나 까닥할 힘이 없다. 머릿속에 물이 가득 들어찬 것처럼 멍하다.

거울에 비친 내 꼴이 흡사 좀비다. 떡이 진 채 헝클어진 머리카락, 게슴츠레한 눈, 피지로 번질거리는 피부에, 코 옆에 난 여드름은 노랗게 곪았다. 양손의 검지에 힘을 주어 여드름을 눌렀다. 여드름이 툭 터지며 화장실 거울에까지 노란 고름이 튀었다. 윽! 눈물이 찔끔 나게 아프다. 피가 나올 때까지 인정사정없이 짜야 가라앉을 테니 조금만 더. 휴지로 거울을 닦아내고 여드름의 상태를 다시 체크한다. 바로 세수하면 엄청 따갑겠지? 대충 손만 씻고 젖은 손으로 눈곱을 떼어냈다.

"이게…… 있었나?"

오른쪽 눈 아래 점이 있다. 뾰루지도 아니고 점이 하루아침에 갑자기 생기지는 않으니 당연히 전부터 있던 거겠지. 충분히 눈에 띌 만한 크기인데 왜 이제까지 못 봤는지 모르겠다. 만날 보는 내 얼굴인데 참 긴가민가하다. 하긴 얼굴에 점이 한두 개가 아닌데 위치와 개수를 기억하고 있으면 그게 더 이상한 거지.

시계를 보니 열세 시간 넘게 잔 셈이다. 그동안의 긴장과 피로를 풀려면 내리 일주일 정도는 자야 할 것 같다. 간단히 배나 좀 채우고 내친 김에 더 자야지. 우유를 꺼내는데 냉장고에 전에 없던 메모지가 붙어 있다.

깊이 생각해보았습니다.

언젠가는 돌아가야죠. 오래 걸리지 않을 겁니다.

그리고 먹고 싶은 건 미역국이오. 고기 잔뜩 넣은!

능글맞은 놈! 메모지를 떼서 찢어버렸다. 밑도 끝도 없이 돌아간다는 건 또 뭐야? 아, 골치 아파! 앞으로 한동안은 오봉호가 저질러놓은 거 뒤처리하느라 힘들어질 것 같다.

현관 자동 키의 번호를 누르는 소리다. 이 시간에 누구지? 미처 내 방으로 몸을 피할 사이도 없이 들어선 사람은 뜻밖에도 아빠다. 시계를 보니 4시 50분, 퇴근을 했을 리는 없고 작정하고 들어온 게 틀림없다.

"일어났네."

이런 시간에 하는 인사치곤 얼토당토않다. 하지만 지금 내 꼴이 영락없이 자다 막 일어난 모양새니 변명의 여지가 없긴 하다. 나쁜 짓을 하다 들킨 것도 아닌데 괜히 눈 둘 곳을 모르겠다. 학교까

지 그만두고 고작 잠이나 퍼자냐고 대놓고 비난했더라면 나도 할
말 많은데.

"얘기 좀 하게 앉아라."

심각하게 폼 잡는 이런 분위기 정말 싫은데. 어쩔 수 없이 마주
앉긴 했지만 가능하면 시선을 피한다. 아빠가 내 얼굴을 보고 있
다. 보지 않아도 느낄 수 있다. 무슨 말이 하고 싶어서 이렇게 뜸을
들이는지 슬슬 조바심이 난다.

"영조 말이다…….."

아빠가 말을 채 끝맺지 못하고 얼버무린다. 다음 말을 기다리는
데 아빠는 쉽사리 입을 열지 않는다. 아빠의 입술을 주시한다. 방
금 전과는 반대로 아빠가 내 눈길을 피해 고개를 숙였다. 게다가
두 손을 잠시도 가만두지 못하고 깍지를 꼈다, 손가락을 꺾었다가,
주먹을 폈다 쥐었다 한다. 오늘 아빠의 태도는 이제껏 한 번도 보
지 못한 모습이다. 도대체 영조가 뭐길래.

"그러니까 내 말은…… 음, 아니다. 다음에 얘기하자."

미치겠네! 잔뜩 궁금하게 해놓고 입을 다물어버리다니. 아빠는
마치 도망치듯 서둘러 나가버렸다. 뭐야, 이 상황은? 영조인지 뭔
지의 정체를 알아내고야 말겠다. 인터넷 검색창에 영조를 쳤다.

영조: 조선 21대 왕, 이름은 금, 자는 광숙, 호는 양성헌. 1724년

~1776년 재위. 손자 정조와 함께 18세기 조선의 중흥기를 이끌었다.

영조: 셈할 때 조금 모자라서 다 치르지 못한 액수.

영조: 경상도에서 부르는 시조의 창법.

영조: 영묘한 힘이 있어 상서로움을 가져다준다고 전해지는 새.

이 밖에 영조라는 이름을 가진 가게, 펜션, 가수 등등, 아무리 훑어봐도 나와 특별히 연관될 만한 건 눈에 띄지 않는다. 아무 힌트도 없으니 도무지 감을 못 잡겠다. 영조, 영조…… 소리 내 중얼거려본다. 혹시 사람 이름인가? 내가 아는 한 친척 중에 영조란 이름을 가진 이는 없다. 영래, 영조? 그러고 보니 하필 나랑 돌림자다. 혹시? 설마 아빠가! 아빠의 잦은 부재와 엄마와의 불화, 늘 아빠에게서 느껴지던 거리감까지, 우연이라기엔 너무 뻔한 드라마가 만들어진다. 상상조차 하기 싫지만 그간의 전후 사정이 딱딱 맞아들어간다.

나를 괴롭히던 해묵은 막연한 두려움이 갑자기 구체화된 기분이다. 어느 날 갑자기 동생이 태어나고 엄마, 아빠, 그 애가 마주 보고 웃는다. 나 혼자 투명인간이 되어 그들 사이에서 울고 있다. 아무도 나를 거들떠보지 않는다. 이제 곧 성인이 될 나이인데 내가 느끼는 두려움이 어린 시절과 똑같다니.

"냉장고에 붙어 있던 메모 어쨌니?"

"버렸어요."

"왜 버려?"

뭐 대단한 귀중품도 아닌 걸 엄마는 꽤나 애석해한다. 지금 그 깟 메모에 신경 쓸 때가 아닌데. 정말 엄마는 영조라는 아이에 대해 전혀 눈치채지 못하고 있나? 귀띔이라도 해야 하나? 그러기엔 모든 게 내 추측일 뿐 증거가 없다.

"방에서 냄새 난다. 환기 좀 시켜."

엄마가 나가려다 말고 쓰레기통을 집어 들었다. 그리고 쓰레기통 속에서 빨간 모자를 끄집어냈다.

"그새 싫증 났어?"

엄마의 손에서 모자를 낚아채 다시 쓰레기통에 쑤셔 박았다. 순간 엄마의 표정이 굳어졌다. 맘에 드는 장난감을 쥐고 있다 뺏긴 기분이겠지. 그렇다고 내가 오봉호 흉내를 낼 수는 없잖아요?

"음…… 요 며칠 우리 꽤 희망적이었잖아? 내 선택이 틀리지 않았다는 걸 보여줬으면 좋겠다."

지극히 엄마다운 현명한 발언이다. '보여주기'는 엄마가 세상과 소통하는 유일한 방식이니까. 그런 점에서 엄마도 강박 증세에 시달리고 있는 게 분명하다.

"난 보여줄 거 없어요."

"무슨 뜻이야?"

"엄마의 선택은 엄마가 책임져야지 내가 증명할 수 없다는 뜻이
죠."

엄마는 나를 빈틈없이 보살폈고 좋은 교육과 환경을 베풀려고
노력했음을 안다. 하지만 엄마를 향한 내 마음은 혐오와 감사 사
이에서 왔다 갔다 종잡을 수가 없다. 엄마가 "아무래도 아이가 이
상한 것 같애!" 하며 겁에 질려 울부짖던 그날, 내 가슴에 입양아
라는 낙인이 찍혀버렸다. 난 그날 처음으로 날 낳아준 부모의 존
재를 느꼈다. 나의 DNA에 저장된 그들을. 엄마보다 어쩌면 내가
더 무서웠는지 모른다. 내가 날 버린 그 사람들처럼 될까 봐. 그래
서 언젠가는 엄마 아빠에게서 또다시 버림 받을까 봐.

비탈에 서다

"취급 주의 스티커 좀."

택배 송장에 주소를 쓰고 영수증을 받았다. 부디 시난쥬가 제 가치를 알아주는 좋은 주인을 만나길. 내 축원에 찬물을 끼얹는 것처럼 편의점 알바가 택배 상자를 바닥에 툭 소리 나게 내려놓는다. 제길, 방금 자기 손으로 취급 주의 스티커 붙여놓고선! 뽁뽁이가 완충제 역할을 제대로 해주리라 믿고 싶지만 그래도 열 받는다. 무신경한 알바에게 경고의 눈빛을 쏘아주고 돌아섰다. 막 편의점 문을 열고 나오려는데 느닷없이 머리가 뒤로 획 젖혀지더니 누군가 내 목을 감고 조르기 시작했다.

으으 윽!

숨을 못 쉬겠다. 본능적으로 두 손으로 목에 감긴 것을 풀려고 버둥거렸다. 순간 얼굴에 후끈한 라면 냄새가 끼쳤다.

"누굴~까?"

내 귀에 얼굴을 바짝 들이대고 킬킬대는 낯익은 목소리, 최준태다. 놈의 팔이 잠시 느슨해진 틈을 타 있는 힘을 다해 팔꿈치로 놈의 배를 쳤다.

"어쭈!"

최준태가 내 목을 조르던 팔을 풀고 제 배를 움켜잡았다. 목이 제대로 붙어 있나? 이리저리 움직여보며 머릿속으로는 어떻게 이 자리를 벗어날까 재빨리 궁리한다. 여기서 우리 아파트까지는 채 50미터도 안 되니 뛰어가면 충분히 놈을 따돌릴 수 있지만 그럼 놈이 내가 사는 곳을 알게 된다. 담판을 지어? 말이 통하는 녀석이 아니다. 힘으로 제압? 가까이서 보니 그사이 덩치가 더 커진 것 같다. 100킬로그램은 족히 돼 보인다. 게다가 녀석이 통뼈란 사실은 이미 알고 있는 터. 그나마 내 목이 부러지지 않은 게 다행이지. 녀석이 실실 웃으며 다가와 내 어깨를 움켜잡았다.

"또 도망가게? 안 잡아먹으니까 쫄지 마."

"이거 놔."

"씨바, 난 반가워서 라면까지 남기고 튕겨 나왔는데 이러면 섭섭하지."

최준태가 내 팔을 잡은 채 편의점 안을 향해 소리를 질렀다.

"그만 처먹고 빨랑 나와."

"예, 형님."

바짝 기압이 들어간 목소리의 주인이 대답과 동시에 총알같이 뛰어나왔다. 처음 보는 얼굴인데? 최준태보다 덩치는 작지만 온몸 에서 뿜어내는 불량한 기운만큼은 최준태 못지않다. 참 끼리끼리 논다.

"인마, 선배한테 인사 안 해?"

"안녕하십니까? 모광욱입니다."

최준태의 명령이 떨어지자마자 녀석이 나를 향해 90도 각도로 허리를 숙였다. 하는 짓이 영락없는 조폭 조무래기다. 나만 보면 못 잡아먹어서 으르렁대던 최준태가 나더러 선배 운운하는 걸 보 니 분명 무슨 꿍꿍이가 있다. 역시나 최준태와 모광욱이 주고받는 말이 심상찮다.

"잘 봐, 확실해?"

"이래 봬도 눈썰미 하나는 끝내줍니다. 3 대 1로 붙어서 좀 밀리 기는 했지만 깡 하나는 죽여주던데요."

"야야, 됐고. 넌 들어가서 내 가방이나 챙겨 와."

모광욱이 나를 향해 씨익 웃고는 다시 편의점으로 들어갔다. 뭐 야, 저 기분 나쁜 웃음의 의미는? 최준태가 편의점 건너편 놀이터를 가리켰다.

"저리 가서 얘기 좀 하자."

"할 말 있으면 여기서 해."

"자식, 까칠한 건 여전하네. 좋아, 까고 말할게. 너 우리 조직, 아니, 우리 동아리에 들어와라."

"동아리? 놀고 있네."

"야, 까고 말해 학교도 그만둔 마당에 쭈구리 시절 기억은 청산해야지. 혼자 놀면 뭔 재미냐? 맘 맞는 놈들끼리 뭉치면 활동 구역도 넓어지고 무엇보다 더 이상 맞고 다닐 일은 없잖아."

"싫어."

"혹시 하동철 때문에? 그 자식한테는 신경 꺼. 학교에서야 뭐 어찌어찌하다 보니 어울리지만 이쪽 세계는 또 그런 게 아니거든. 우리끼리 얘기지만 그 자식 더럽게 재수 없지 않냐? 이건 비밀인데 하동철이 중딩 때까지 얼마나 지질했는지 넌 모를 거다. 완전 비실비실 상꼬맹이였다고. 뭐 자기 말로는 자발적 왕따였다나 뭐라나 별 되지도 않는 뻥을 쳐요. 내가 보기엔 지가 당한 그대로 딴 애들한테 복수하는 것 같은데 말이야."

"그래서?"

"그러니까 난 너한테 특별히 나쁜 감정 없었다는 거지."

"다 하동철 때문이다?"

"따지고 보면 그런 셈이지."

"뒤에서 자기 까고 다니는 거 하동철이 알면 가만있지 않을 텐데?"

"까짓 맘만 먹으면 하동철쯤은 한주먹거리도 안 돼. 우리 엄마 소원이 내 졸업장이라니까 학교 안에서 문제 일으키지 않으려고 맞춰주는 척하는 거지."

잘난 덩치만 믿고 우쭐대는 꼴이라니. 이제 보니 비열한 데다 의리도 없다. 하긴 이 자식 주먹에 겁을 먹고 도망 다니는 신세였으니 최준태보다 내가 더 지질한가?

"그러니까 너 골목대장 하는데 나더러 머릿수 채워달란 말이잖아?"

"싸가지 없는 놈, 같은 말을 해도 좀 듣기 좋게 할 수 없냐? 머릿수 채워달라는 게 아니라 친구 먹자는 거지."

"싫다."

"햐, 그새 배짱 많이 늘었네. 쭈구리 사이코 주제에 건방지게 내 제안을 단칼에 잘라? 이걸 그냥, 콱!"

최준태가 주먹을 내 코앞에서 얼러댔다. 그새 편의점에서 나와 눈치를 살피던 모광욱이 뛰어와 최준태를 말렸다.

"형님, 곧 한솥밥 먹을 사인데 좋게 말로."

"씨바, 넌 끼어들지 마."

최준태가 모광욱의 멱살을 잡아 밀쳤다. 모광욱이 과장되게 뒷걸음질치며 놀란 듯 눈을 껌벅거렸다.

"둘이 쇼하냐?"

"뭐, 쇼? 모자란 기집애 꽁무니나 쫓아다니는 주제에! 둘이 그렇고 그런 사이라며?"

"뭔 헛소리야?"

"모광욱, 그 기집애 이름이 뭐랬어?"

"고물 줍는 할머니랑 같이 다니는데 이름까진 잘."

이놈들이 말하는 애가 진희라면, 그럼 할머니가 말했던 진희를 괴롭혔다는 패거리가 모광욱?

"너 그 모자란 기집애한테 잘 보이려고 설쳐대다 뒤지게 맞았다며? 그깟 걸 여자라고 어울려 다니는 수준하고는. 바보랑 사이코, 완전 한 쌍의 바퀴벌레다."

"그깟 거라니!"

"우헤헤, 이 자식 발끈하는 것 봐. 열라 재밌네. 살림은 언제 차리냐?"

지금 이 순간 딱 하나의 소원이 있다면 녀석을 실컷, 아니 딱 한 대만이라도 패주는 거다. "어떠한 상황에서라도 폭력은 나쁜 거야." 엄마의 목소리가 습관처럼 나를 붙들고 놓아주지 않는다. 아무리 억울하고 분해도 난 참아야 한다. 늘 그래왔듯이. 그런데 이성이 안드로메다로 가버렸는지 뭐가 어찌 됐는지 모르겠다. 정신을 차렸을 때는 최준태가 날 깔고 앉아 식식대고 있고 가슴께에

극심한 통증이 느껴졌다. 갈비뼈가 부러졌나? 도대체 내가 무슨 짓을 저지른 거지? 그래, 더는 날 모욕하지 못하도록 경고를 했을 뿐, 엄밀히 말하면 공격이 아니라 방어야. 최준태의 코에서 흐른 피가 내 가슴으로 떨어졌다.

뚝!

뜨겁고 끈적한 피. 고작 한 방울일 뿐인데 내 몸이 온통 피에 젖은 것 같다. 어쩌면 오래전부터 내 몸 속을 돌고 있을 나쁜 피. 혹시나 그 피의 기억이 깨어날까 진정 무섭다. "아무래도 애가 이상해……." 비로소 엄마의 공포를 이해할 것 같다. 불확실해서 더 두려운.

경찰차의 사이렌 소리가 들린다. 최준태가 벌떡 일어나더니 모광욱과 앞서거니 뒤서거니 뛰어 순식간에 자취를 감췄다. 사이렌 소리가 점점 가까워진다. 뭉그적거리며 몸을 일으켰다.

"괜찮아요?"

편의점 알바가 내 팔을 잡고 부축해 일으켰다. 걱정스런 말투와는 달리 날 보는 표정이 싸늘하다. 경찰이 도착할 때까지 시간을 끌려는 수작인가? 요란한 소리와 함께 경찰차의 번쩍거리는 전조등이 보인다. 우물쭈물하다가는 괜히 일이 복잡해지겠다. 알바의 손을 뿌리쳤다.

편의점 옆으로 아파트의 지하 주차장으로 내려가는 계단이 보인다. 일단 계단을 내려가 주차장을 가로질러 차가 들어오는 진입로를 통해 빠져나왔다. 이웃 아파트를 감싸며 이어진 산책로를 따라 걸어가니 우리 아파트의 쪽문과 연결된다. 경찰차의 사이렌 소리가 멈췄다. 편의점에서 그다지 멀지 않은 곳인데 들리지 않는 걸 보면 그냥 돌아갔나 보다. 긴장이 풀리니 무릎이 푹 꺾인다. 입안이 찝찔하다. 피 맛인가? 이가 제대로 붙어 있는지 혀를 죽 돌려 살핀다. 빠진 건 없다. 입술 안쪽이 좀 찢어지고 앞니가 흔들거리는 것 같지만 이쯤이야. 2 대 1로 붙어서 이빨 다 제자리에 붙어 있고 어디 부러진 데는 없으니 천만다행이지. 더욱이 상대는 최준태다. 겨우겨우 놀이터까지 비척거리고 걸어가 벤치에 주저앉았다. 놀이터를 비추는 감시 카메라가 벤치 쪽을 향해 있지만 사각지대를 찾고 말고 할 기운조차 없다. 벤치에 드러누웠다.

모광욱이 말한 3 대 1 어쩌고 한 사건의 주인공은 오봉호인 게 틀림없다. 진희를 구하려고 불량배 세 명과 붙었다가 얻어터졌다는 뭐 그런 스토리겠다. 오봉호답다. 자기가 무슨 정의의 사도라도 되는 양 잔뜩 허세를 피웠겠지. 그나저나 오봉호와 진희는 진짜 사귀나?

의식이 뚝 끊어졌다 이어진 느낌이다. 어쩌면 잠든 게 아니라

기절한 거였을 수도 있겠다. 누군가 날 흔든다. 눈이 부시다.

"이봐, 학생."

경비 아저씨가 손전등으로 내 얼굴을 비추며 내려다보고 있다. 마지못해 몸을 일으키는데 나도 모르게 신음 소리가 새어 나왔다.

"108동 사는 학생이지?"

"아, 예."

우리 동 경비 아저씨인가? 나는 누가 누군지 통 면이 없는데 이 아저씨 기억력도 좋다. 우리 아파트에 사는 학생이 한둘이 아닐 텐데. 고개를 숙이고 최대한 아무렇지 않은 척 옷을 툭툭 털며 일어섰다.

"이 시간에 여기서 이러고 있으면 되나? 어서 집에 가."

성가신 일 만들지 말고 어서 꺼져라, 다소 강압적인 말투다. 아저씨는 내가 놀이터에서 나와 108동 쪽으로 걸어가는 걸 보고서야 날 비추던 손전등을 거두었다. 젠장, 오늘 일로 경비 아저씨들 사이에 요주의 인물로 찍힐 것 같다. 내일쯤엔 내가 몇 호에 사는 누군지 알아낼지도 모르지. 바지 호주머니에서 핸드폰을 꺼냈다. 12시 43분. 액정이 긁혔지만 별 상관 없다. 모르는 번호로 문자가 들어와 있다. 학교를 그만두며 핸드폰 번호를 바꾸었기 때문에 요즘 내게 오는 전화와 문자는 거의 다 스팸이다. 그냥 삭제하려다 혹시나 싶다. 앞서 보낸 프라 모델 배송이 잘못되었나? 설마 파

손 운운하며 물어내라는 건 아니겠지? 오늘 보낸 시난쥬가 무사히 도착하기 전까지는 맘을 놓을 수 없을 것 같다. 받은 돈을 이미 다 써버렸으니 제발 그런 일은 없어야 되는데. 그런데 뜻밖에도 문자엔 오봉호의 이름이 찍혀 있다.

엄마랑 약속했으니
학교로 돌아가길
- 널 좋아하는 아는 형 오봉호가 -

아, 정말 뚜껑 열린다. 엄마가 보았다던 희망이 바로 이거였다. 지가 뭔데 맘대로 그따위 약속을 해. 오봉호와 엮이고부터 안 그래도 암울한 내 인생이 더 첩첩산중이다. 내가 굳이 돈을 보내준 건 조금의 미진한 구석조차 없이 오봉호와의 거래를 끝내고 싶어서였다. 그런데 오봉호가 벌여놓은 일이 또 내 발목을 잡게 생겼다. 아는 형이라고? 악연도 이런 악연이 없다.

모순 II

  어쩌자고! 부담 백배, 후회막심이다. 시간은 점점 다가오는데 거울 앞에서 망연자실이다. 너무 자란 머리카락은 덥수룩하고 오른쪽 광대뼈 주위는 최준태와 싸우며 생긴 멍이 아직 푸르스름하게 남아 있다. 뭘 입어도 내 모습이 맘에 들지 않는다. 머리에 젤을 발라봐? 아으, 골목에서 꼬마들 삥 뜯는 양아치 같다. 머리를 다시 감는다. 내친 김에 면도까지. 깎을 만큼 수염이 길지는 않으니 순전히 기분 전환용이다. 서툰 솜씨에 베일까 조심조심, 아빠의 면도기는 지나치게 잘 드는 게 문제다. 언제나 새 칼날인 것 같다. 왜 전기면도기를 쓰지 않는지 모르겠다. 그러고 보면 난 아빠에 대해 모르는 거 투성이다. 따지고 보면 그리 나쁜 아빠는 아니었는데.

어린이날, 생일, 크리스마스엔 꼭 선물을 챙겨주었고 휴가 때는 다 함께 여행도 갔다. 하지만 딱 거기까지. 아빠와 나는 언제나 그만큼의 거리를 유지했고 우리는 서로 안달하지 않는 사이로 남았다.

7시가 가까워오는데 아직 거리는 훤하다. 이마에 땀이 날 만큼 후덥지근하다. 아마 이놈의 모자 때문일 것이다. 휴지통에 버린 빨간 모자를 엄마는 굳이 세탁까지 해서 다시 내 방에 가져다 놓았다. 빨강 모자를 쓰고 네가 한 약속을 기억하라는 암시의 효과, 뭐 이런 얄팍한 의도인 걸 알지만 괜히 엄마를 자극하고 싶지 않아서 그냥 됐던 건데, 문득 엄마의 의도를 아빠에게 적용해보는 것도 나쁘지 않겠다 싶었다. 빨강 모자를 쓴 오봉호와 나눴던 얘기를 털어놓으시오. 덥수룩한 머리도 해결할 겸, 멍든 얼굴도 가릴 겸, 뭐 겸사겸사.

"왔네."

"예."

"어디로 갈까?"

"아무 데나."

"저녁 먹을래?"

"배 안 고픈데요."

"갈 데가 마땅찮네. 아직 미성년자니 술집은 안 되고."

아빠와 단둘이 집이 아닌 곳에서 이렇게 만난 건 처음이다. 또 다시 후회가 밀려온다.

이영래, 너 도대체 무슨 짓을 한 거냐?

일주일이 넘게 눈치를 봤지만 집에서는 아빠와 이야기할 기회가 없었다. 아빠의 귀가는 내내 늦었고 일요일조차 아침 일찍 외출했다 자정이 돼서야 돌아왔다. 그나마 아빠가 집에 있는 시간에는 엄마가 함께 있으니 물어볼 기회가 없었다. 아빠는 그날 이후 의도적으로 나를 피하고 있는 눈치다. 목마른 놈이 우물 판다고 궁금해 미칠 것 같으니 내가 움직일밖에. 그런데 막상 아빠에게 문자를 보낸 순간부터 후회가 시작됐다. 따지고 보면 이건 엄마와 아빠, 둘 사이의 문제일 뿐이다. 영조가 누구든 내가 상관할 자격이나 있나?

"고기 먹을래?"

"뭐, 그러든지."

아빠가 앞서 걸었다. 나는 아빠와 일정한 거리를 유지하며 걷는다. 아빠가 마주 오는 한 무리의 사람들과 악수를 나누었다. 아빠의 명랑한 웃음소리가 들린다. 눈치껏 얼른 뒤돌아서 적당히 딴청을 피우다 보니 저만치 아빠가 날 기다리고 있다. 나는 바지 호주머니에 손을 찔러 넣고 느릿느릿 걸었다. 아빠가 앞서 보쌈집으로 들어갔다. 아빠는 식당 종업원과 가벼운 눈인사를 나눈 뒤 구석진 방을 가리켰다. 종업원이 방으로 우리를 안내했다. 드디어 아빠와 마주 앉았다. 종업원이 따라 들어와 주문을 받으며 알은체를 한다.

"아드님이신가 봐요?"

"아, 예."

"꼭 닮았네요."

악의 없는 뻔한 인사말인 걸 알면서도 찬물을 한 바가지 뒤집어 쓴 기분이다.

"너 여기 온 거 엄마가 알아?"

"말 안 했어요."

"둘이 외식하는 거 참 오랜만이지?"

"처음이죠."

"그런가? 먹자."

왜 만나자고 했냐고 물을 만도 한데 아빠는 끝까지 모른 척한다. 둘 다 묵묵히 먹기만 할 뿐이다. 둘만 있는 공간이라 천만다행이다.

"근데요, 전에 말한 영조……."

내 입에서 영조란 이름이 튀어나왔는데도 아빠는 젓가락질을 멈추지 않는다. 아마도 태연을 가장하고 있는 거겠지. 오기가 생긴다. 여기까지 와서 우물거릴 필요가 뭐 있나.

"영조가 누구예요?"

대답 대신 아빠는 보쌈을 싸서 한가득 입속에 밀어 넣었다. 대답하기 싫다, 내지는 시간을 벌겠다? 젓가락을 내려놓고 아빠의 입을 뚫어지게 본다. 입속의 내용물이 힘겹게 목으로 넘어가고 있다. 이 순간을 놓치지 않고 치고 나간다.

"영조가 누구예요?"

아빠가 이마를 찌푸렸다. 내가 집요하게 달려드니 못마땅하단 뜻이겠지.

"정말 몰라서 묻니?"

"짐작은 하지만 직접 듣고 싶어서요."

"또 연락 왔니?"

"······아니요."

아빠가 긴 한숨을 쉬었다. 아침에 깎고 나갔을 수염이 벌써 거뭇하게 자라 있다. 턱을 문지르며 시종일관 괴로운 표정이다. 이렇게 대놓고 감정을 표현하다니, 다른 사람을 보고 있는 것 같다.

"엄마한테는 비밀로 하자."

"엄마도 알아야죠."

"아니, 그러지 마. 따지고 보면 엄마 탓만은 아니다."

뭐 새삼스럽게 엄마 편에 서서 아빠를 비난할 생각까진 없지만 이건 정말 후안무치하다. 엄마 탓만은 아니라니? 인간적으로 너무 뻔뻔하잖아! 아빠가 이 정도로 밑바닥일 줄은 몰랐다.

"널 볼 때마다 그 아이 생각에 맘이 편치 않았다. 너에게도, 그 아이에게도 못할 짓을 한 거지. 미안하다……."

도대체 영조란 아이가 아빠에게 어떤 존재길래? 결코 좁혀지지 않았던 아빠와의 거리, 나와 아빠 사이에 그 아이 영조가 있었던 것도 모르고 늘 자괴감에 시달렸다니. 허무해서 화조차 나지 않는다.

"지금이라도 그 아일 데려오시죠."

순간 아빠가 황당한 표정으로 날 본다. 비아냥거리긴 했지만 빈말은 아니다. 보고 싶다, 그 아이. 피를 나눈 부자 관계는 과연 어떤지 궁금하다. 더 이상 아빠와 얼굴 대하고 앉아 있는 게 거북하다.

이미 하늘은 캄캄한데 늘어선 식당과 술집들이 뿜어내는 열기와 불빛으로 거리는 왁자지껄, 현란하다. 사무실이 밀집한 지역이라 그런지 양복 차림의 남자들이 유독 많다. 그 사이로 초록색의 커다란 소주병이 이쪽으로 걸어오고 있다. 한 손에는 전단지를 들고 한 손으론 지나는 사람들에게 연신 손을 흔들어대며 까불거린다. 놀이동산 같은 곳에서 인형 탈은 많이 봤지만 소주병 탈은 처음 본다. 눈 부분만 조금 뚫려 있고 머리부터 발끝까지 초록색의 폭신한 천으로 덮여 있다. 무지 덥겠다. 나와 스치려는 찰나 갑자기 소주병이 두리번거리더니 한 술집의 주차장을 향해 종종걸음을 치기 시작했다. 걷는 모습이 펭귄 같다. 소주병 탈 속에서 핸드폰의 벨이 계속 울리고 있다. 쫓아가볼까? 저 소주병 탈이 나를 다른 세계로 데려다 줄 것 같은 실없는 충동에 사로잡힌다.

눈에 확 띄는 야자 무늬가 프린트된 셔츠를 입은 남자가 실실 웃으며 다가오더니 식당 전단지를 건넨다. 받는다. 할머니 한 분이 "돈 쓰실 분"을 되뇌며 명함 비슷한 걸 쥐여준다. 받는다, 받는다, 받는다. 길 하나를 지나는데 받은 전단지만 무려 네 장이다. 이리저리 봐도 쓰레기통이 없다. 버려진 전단지와 명함들이 여기저기 길바닥에 널려 있다. 뒤를 돌아봐도 아빠의 모습이 보이지 않는다. 갑자기 명치끝이 저릿저릿하다. 종이에 베인 상처처럼 대수롭지 않게 넘겼다가 물에 담그고야 쓰라림에 전율하듯 비로소 아빠의 부재가 슬프다.

중심가를 벗어나 한적한 거리로 들어섰다. 여긴 셔터를 내린 불 꺼진 건물들이 많다. 가로등이 있지만 거리는 한층 어둡고 더 이상 전단지를 건네는 손은 없다. 미장원 앞에 리어카 한 대가 덩그러니 서 있다. 리어카 안에는 달랑 피자 박스 한 개와 무가지 몇 부가 전부고 매단 비닐봉지에는 깡통 서너 개가 들어 있다. 들고 있던 전단지를 리어카 안에 내려놓았다. 마침 미장원 문이 열리며 할아버지 한 분이 나왔다. 양팔 가득 두툼한 잡지책을 안고 있다. 리어카에 잡지를 내려놓으며 할아버지가 무표정한 얼굴로 묻는다.

"뭐여?"

"아, 아무것도 아니에요."

재바른 걸음으로 리어카 옆을 지나쳤다. 리어카를 끄는 할아버지의 뒷모습에 진 씨 할아버지의 모습이 겹쳐진다. 맘보가 없어서 쓸쓸하시겠다.

"맘보, 맘보, 맘보야……."

실없이 중얼거리다 휘파람을 불어본다.

보고 싶다, 맘보…….

시간이 흘러도 맘보의 몸에서 마지막 숨이 빠져나가던 그 순간이 잊히지 않는다. 잊히기는커녕 더 자주, 더 또렷이 떠오른다. 최선이라고 생각했던 내 선택이 과연 옳았는지, 내가 한 생명의 운명을 좌우하는 선택을 내릴 자격이 있는지 끝없이 되묻는다.

"내 책상 뒤졌어요?"

"난 아들 프라이버시 정도는 지켜주는 엄마야."

"그런데……."

"왜, 뭐가 잘못됐어?"

"아니에요."

아차, 내 정신! 퍼뜩 짚이는 게 있다. 범인은 오봉호다. 서로의 물건에 손대지 않기로 약속했지만 그 약속이 지켜질 거라고는 애당초 믿지도 않았으니까. 하긴 나도 오봉호의 통장을 건드렸으니 따질 구실도 없다. 내가 열 살 때인가? 패밀리 레스토랑에서 생일

기념으로 엄마 아빠 사이에 고깔모자 쓰고 꺼벙한 표정으로 찍은 가족사진이 없어졌다. 엄마가 아크릴 액자에 넣어 내 책상 위에 놓아주었는데 언제부터인가 꼴 보기 싫어서 서랍 속에 처박아버렸다. 그 후로 몇 년째 서랍 속을 굴러다녔는데 우연히 빈 액자만 남은 걸 발견했다. 없어져서 애석하다기보다 그냥 석연찮고 찝찝하다. 디지털카메라, 컴퓨터, 게임기, 프라 모델, 피규어 등을 두고 가족사진이 없어진 건 도저히 이해 불가다.

"혹시 집에 뭐 없어진 거 있어요?"

"내가 알기론 없는데. 왜, 넌 뭐 잃어버렸니?"

"아뇨, 됐어요."

"덤벙대지 말고 잘 찾아봐."

다른 물건에는 손대지 않아서 그나마 다행이긴 하지만 여전히 꺼림칙하다. 오봉호는 가족사진이 왜 가지고 싶었을까?

같은 중심을 가진 반지름이 다른 두 개의 원

해묵은 다이어리에서 그 사진을 발견한 게 우연일까? 내 컴퓨터가 바이러스에 감염되지만 않았어도 아빠의 노트북을 쓰려고 서재에 가지 않았을 테고 그럼 그 상자를 열어보지도 않았겠지. 아무리 가족이라 해도 자신의 공간을 헤집는 걸 좋아할 사람은 없으니까. 그렇다고 운명 운운하며 의미를 부여하기엔 턱없지만 어쨌든 오늘따라 내가 안 하던 짓을 한 것만은 사실이다.

아빠의 책상 아래 있는 상자가 발에 채였다. 뚜껑을 여니 검은색 표지에 판형이 크고 두꺼운 공책이 쌓여 있는데 업무용 다이어리인 듯하다. 제일 위에 놓인 작년 것에서부터 족히 스무 권은 넘어 보인다. 이런 것까지 버리지 않고 모아둔 걸 보니 역시 아빠답다. 한 권을 꺼내 뒤적여본다. 1월부터 12월까지, 칸을 지른 날짜마다 스케줄이 빼곡히 적혀 있다. 색색의 펜으로 그린 도표하며 메모, 낙서…… 카드 영수증과 세금 고지서 같은 것들도 간간이 끼어 있다. 뭐 특별히 흥미를 끌 만한 건 없다. 다음 권도 마찬가지, 그다음 권도. 내가 보기엔 그해가 그해 같고 매년 똑같다. 혹여 영조란 아이에 관한 단서라도 찾을 수 있을까 하는 맘이 없지 않았지만 스무 권이 넘는 다이어리를 다 살피는 건 너무 인내력을 요하는 작업이므로 무작위로 골라 딱 두 권만 더 보기로 한다.

제일 아래에 있는 다이어리를 꺼내서 펼쳤다. 어라, 이건 앞의 것들과는 사뭇 다르다. 누렇게 바랜 종이부터 속지의 내용까지 한마디로 옛날 냄새를 팍팍 풍긴다. 첫 페이지에 비장하게 붙여놓은 아빠의 증명사진이나 멋을 부린 듯 15도 각도로 삐쳐 쓴 글씨, 크고 도드라지게 빨간 펜으로 써놓은 그 달의 목표까지. 젊은 직장인의 의욕 과잉, 열정 같은 게 팍팍 느껴진다. 다이어리 뒷부분은 주소록이다. 상당량의 주소와 전화번호가 적혀 있다. 몇몇 친척들을 빼면 거의 내가 모르는 이름들이다. 요즘처럼 컴퓨터나 폰에 저장이 안 되던 시절이니 매년 기록하려면 참 번거로웠겠다.

다음은…… 아래에서 다섯 번째 다이어리가 간택됐다. 표지와 연결된 포켓에 사진 한 장이 꽂혀 있다. 대나무를 배경으로 세발자전거에 엉거주춤 앉은 어린아이, 네다섯 살쯤 될까? 다이어리의 연도와 나이를 계산해보면 사진 속 주인공은 십중팔구 나다. 비록 오래전이지만 사진을 가지고 다닐 만큼 아빠가 나를 애틋하게 여기던 시절이 있었다는 사실이 새삼 새롭다. 그냥 내가 가질까? 아빠는 어차피 여기 이 사진이 있다는 걸 기억조차 못 할 텐데 뭐. 사진 뒤편 구석에 파란 볼펜으로 쓰인 글자가 있다.

동심원.

볼펜 자국이 번져 희미해진 걸 보니 오래되긴 됐나 보다. 그런데 내가 다닌 유치원은 동심원이 아닌데? 하긴 유치원을 다니기엔 너무 어려 보이니 어린이집인가? 엄마는 늘 직장에 다녔으니 그럴 수도 있겠다. 그러고 보니 그림 속 풍경을 어디선가 본 듯하다. 이렇게 어린 시절을 기억하다니 어쩜 난 천재인지도 모르겠다.

습관처럼 노트북의 검색창에 동심원을 쳐본다. 사전적 의미는 이미 알고 있으니 패스, 역시 추측대로 동심원이란 이름의 어린이집이 세 곳이나 된다. 그 밖에 공원, 광고기획사, 식당, 사회복지시설, 봉사 단체 등등. 각각 지역과 전화번호, 로드뷰가 함께 뜬다. 그런데 좀 아리송하다. 입양된 갓난아기 때부터 난 쭉 부산에서 살았는데 동심원이란 이름의 어린이집은 하나같이 부산이 아닌 다른 도시에 있다. 그나마 부산 근교에 있는 건 어린이집이 아

넌 사회복지시설이다. 혹시 날 데려온 곳이 동심원……. 새삼스럽게 마치 심장이 과부하에 걸린 듯 격렬하게 툭탁거리기 시작한다. 내 존재의 실체를 눈으로 생생하게 확인하는 기분. 결코 익숙해지지 않을 자극이다.

환승역을 거쳐 지하철 종착역에서 다시 버스로 10여 분, 아직까지는 메모해 온 대로 잘 찾아온 셈이다. 버스에서 내리니 바로 앞이 시장이다. 시장을 끼고 집들이 좌우로 늘어서 있는 골목을 따라 걷기 시작했다. 흐리고 선선한 날씨인데도 내 몸 구석구석의 땀구멍이 모두 열린 듯 땀이 줄줄 흘러내린다. 땀을 닦으며 걷다 서다를 반복한다.

지금이라도 돌아갈까? 그래, 아무래도 그냥 돌아가는 게 낫겠지?

누가 등을 떠미는 것도 아닌데 마음과는 반대로 내 몸은 꾸역꾸역 앞으로, 앞으로 발걸음을 내딛는다. 내 의식이 있는 힘을 다해 외면하고자 했던, 그래서 이제껏 한 번도 궁금하지 않다고 여겼던 의문들이 머릿속을 맴돈다.

날 낳은 사람은 어떤 사람이었을까? 왜 날 버렸을까?

길 끝 막다른 곳에 나지막한 담이 죽 둘러쳐져 있다. 이어진 담의 길이가 보통의 주택들과는 확연히 다르다. 담 가장자리에 '동심원'이라 쓴 나무 간판이 붙어 있다. 일단은 숨을 고르고 아빠가 간직한 사진 속의 그곳이 맞는지 살펴본다. 반쯤 열린 철문으로 안이 훤히 들여다보인다. 한눈에 봐도 담장 안은 꽤 넓어 보인다. 족히 학교 운동장만 한데 그물 없는 축구 골대와 유난히 줄이 긴 몇 개의 그네가 전부다. 게다가 마당의 절반은 공사 중인지 흙을 파헤치고 뒤집어놓아 더 휑하고 삭막해 보인다. 차가 드나드는 진입로 끝에 장식성이라곤 전혀 가미되지 않은 콘크리트 2층 건물이 있고 그 앞에 승합차 한 대가 주차되어 있다. 대나무가 무성한 뜰은커녕 흔한 꽃밭 한 뙈기도 보이지 않는다. 내가 잘못 짚었나?

갑자기 등 뒤가 시끌시끌하다. 한 무리의 아이들이 앞서거니 뒤서거니 걸어온다. 학교에서 돌아오는 초등학생들인가 보다. 남자아이 몇몇이 우르르 철문을 지나 뛰어들어갔다. 손을 꼭 잡은 두 여자아이는 날 유심히 보며 둘이 귓속말로 속닥거리며 스쳐 지나갔다. 한참 뒤 무리에서 떨어져 타박타박 걸어오던 왜소한 남자애가 문 앞에 멈춰 서더니 담 이쪽저쪽을 살핀다. 누굴 기다리나? 남자애는 들어가지 않고 철문에 매달려서는 온몸으로 문을 흔들어댄다. 철문에서 끼익 끽 소리가 난다. 성가시다. 혼자 있고 싶은데.

"너 몇 학년이야?"

대답이 없다.

"3학년?"

"……."

"2학년?"

"……."

"1학년이구나?"

아이가 대답 대신 콧방귀를 날린다. 이것 봐라? 그래, 나도 널 무시해주겠어.

자동차의 경적 소리에 얼른 담벼락 옆으로 비켜섰다. 은색 경차의 운전석에서 여자가 고개를 내밀어 아이에게 알은체를 한다.

"재웅아."

이름이 재웅이군. 근데 이 녀석, 나한테 그랬던 것처럼 또 못 들은 척이다. 차에서 여자가 내리더니 살짝 무릎을 구부리며 아이의 손을 잡았다.

"들어가자, 선생님이 책 읽어줄게."

안 들어간다고 버틸 줄 알았는데 의외로 선선히 고개를 끄덕인다.

"차 탈래?"

"예."

대답과 동시에 쪼르르 뛰어가 저 먼저 차에 탄다, 그것도 운전석 옆자리에. 타자마자 내릴 텐데 타라는 선생님이나 좋다고 타는 애나, 둘 다 참 어이없다. 여자가 이번에는 날 향해 살짝 목례를 했다. 나도 얼떨결에 고개를 숙였다. 그냥 가시지, 초면에 알은체라니.

"여기 고등부 학생?"

"아뇨."

"그럼 봉사하러 왔어요?"

"아, 예……."

"같이 들어가요."

"먼저 가세요."

"참, 전에 원장님이 이제부터 학생 봉사는 안 받을 거라고 하시는 것 같던데."

"아……."

"그래도 혹시 모르니까 들어가서 얘기해봐요."

왕 오지랖! 불편하기 짝이 없는 지나친 친절이다. 내가 단호하게 고개를 가로저으니 그제야 여자는 날 두고 돌아섰다. 차가 동심원으로 들어간 지 채 10초도 되지 않아 건물 앞에 도착했다. 여자는 차에서 내렸는데 재웅이란 아이는 내리지 않는다. 여자가 차앞에서 어정거린다. 때마침 건물에서 한 남자가 나와 차로 다가가는가 싶더니 그 순간 재웅이가 차에서 내려 쏜살같이 건물 안으로 뛰어들어갔다. 여자와 남자가 마주 서서 얘기를 나누는 걸 보고서야 나도 발걸음을 돌린다. 그래, 사진 속의 그곳이 아닌 게 다행이다. 차라리 잘된 일인지 모른다.

"학생!"

돌아보니 동심원 앞에서 낯선 남자가 날 향해 손짓을 하고 있다. 아무래도 오지랖 넓은 그 여자가 내 얘기를 했나 보다. 그냥 못 들은 척 돌아보지 말걸. 이미 남자와 눈이 마주쳤으니 어쩌지? 도망치기엔 글렀다. 미처 생각할 틈도 없이 남자가 날 향해 성큼성큼 걸어온다. 머리카락은 희끗하지만 할아버지라기엔 좀 젊고 아저씨라기엔 다소 나이 들어 보인다. 청바지에 연갈색 반팔 셔츠, 흰 양말에 어울리지 않는 슬리퍼 차림이다. 남자가 오던 걸음을 멈추고 내 얼굴에 시선을 고정한 채 고개를 갸우뚱거린다. 혹시 날 알아보나? 그럼 내가 제대로 찾아온 건가? 괴이하게도 등줄기에선 땀이 흘러내리는데 팔에는 소름이 오싹 끼친다. 이제 남자와의 거리는 불과 서너 걸음. 도무지 표정 관리가 안 된다. 남자가 반색하며 덥석 내 어깨를 잡았다.

"너!"

"저……."

남자가 살짝 당황한 듯 눈을 껌벅거리더니 내 어깨를 잡은 손을 슬그머니 내려놓았다. 그리고 미심쩍은 듯 중얼거린다.

"아닌가?"

"이영래입니다. 혹시 저를 아세요?"

"아니, 잘못 본 것 같네만. 누구랑 많이 닮아서."

남자의 한마디에 그만 온몸에 힘이 쭉 빠져나간다. 날 알아본

게 아니었나 봐. 하긴 18년이나 지났는데 알아본다는 게 더 말이
안 되지.

"난 동심원 원장이네. 그래, 봉사하러 왔다고?"

"그냥 좀 알아보러."

"허허, 그럼 알아봐야지 왜 그냥 가? 안으로 들어가지."

"아니, 갑자기 급한 일이 생겨서요. 다음에……."

"그래, 꼭 다시 오게."

"저, 잠깐만요. 동심원이라는 복지시설이 여기 말고 또 있나요?"

"내가 알기론 없지, 아마."

"예……."

"왜, 찾는 곳이 따로 있나?"

"아닙니다. 대나무가 많은 곳에 동심원이 있다는 말을 얼핏 들
은 것 같아서……."

"그럼 여기 맞네. 이 동네 사람들은 대숲원이라고도 부르지. 이
젠 다 파내서 없지만 말이야."

"아……."

"지난겨울 너무 추워서 그랬는지, 병이 들었는지 대나무 이파리
가 누렇게 고사하더라고. 그래 이참에 차라리 텃밭으로 가꾸자 싶
어 큰맘 먹고 싹 베어냈지. 고구마, 감자, 오이도 심고 열무 같은
푸성귀를 심으면 애들 정서에도 좋잖아. 근데 내가 너무 쉽게 생

각한 거야. 어휴, 파내도, 파내도 뿌리가 끝이 없어. 굴삭기로 벌써 두 번째 흙을 뒤집었는데 또 모르지. 아무래도 올해는 씨 뿌리기 어려울 것 같네."

"저…… 혹시 날 낳아준 사람이 누군지 아세요?"
선불리 꺼낼 말이 아니란 걸 나도 안다. 놀랐을까, 괘씸할까, 아니면 슬플까? 차마 엄마의 마음을 가늠할 수 없다. 엄마는 대답 대신 일어나 차를 끓인다. 딸각, 가스 불을 켜는 소리와 물이 끓는 소리, 엄마의 움직임이 만들어내는 갖가지 미세한 소리까지 의미심장하게 들린다. 내 몸이 온통 커다란 귀가 된 기분이다. 엄마는 최대한 대답을 지연함으로써 날 벌주려는 건지도 모른다.
"올 것이 왔구나."
엄마의 목소리가 상냥하다. 미소를 짓고 있다. 엄마의 일거수일투족에 웃고 울던 나다. 엄마는 지금 몹시 당황해서 자신의 연기가 얼마나 서툰지 모르고 있다.
"아세요?"
"몰라."
"정말요?"
"속일 이유가 없잖니. 마음에 준비는 늘 하고 있었지만 그동안 전혀 궁금해하는 내색이 없더니, 좀 의외네. 보고 싶니?"

"아뇨, 보고 싶은 게 아니라 그냥 알아야 할 것 같아서."

"그래, 그렇겠지. 그 맘 나도 이해해. 그런데 난 정말 몰라."

"동심원에서도 모를까요?"

"동심원? 거기가 어딘데?"

"날 입양한 곳."

"아냐, 넌 시설 거치지 않고 병원에서 바로 데려왔어. 어렸을 때 말해줬는데 잊었나 보구나. 입양 신청을 하고 기다린 지 3개월이 넘어서 연락을 받았지. 응급 환자로 실려 온 산모가 애를 낳고 사라졌고, 아기는 한 달이나 빨리 세상에 나오는 바람에 저체중으로 인큐베이터에 있다고. 수소문했지만 산모는 결국 찾을 수 없다고 그러더라. 간호사들 말로는 미혼모 같았다고……. 내가 아는 건 이게 전부야."

"미혼모……."

"아니, 확실한 건 아니고 산모가 어려 보이는 데다 아기를 두고 잠적해버렸으니 그렇게들 수군거렸겠지."

엄마는 차를 마신다. 차의 용도가 참 시기적절하다. 베란다 문이 활짝 열려 있는데도 바람 한 점 없고 손바닥에서 땀이 난다. 침묵에 대응할 공식 매뉴얼 같은 게 있으면 참 편리할 텐데.

"잠깐만."

무슨 생각이 난 듯 엄마가 일어나 안방으로 들어갔다. 잠시 후,

앨범을 가지고 와 내 앞에 첫 장을 펼쳤다.

"이 사진이 우리가 처음 만난 날이야. 이러고도 열흘을 인큐베이터에 더 있다가 퇴원했지. 채 2킬로그램도 안 돼서 안아보기조차 조심스러웠는데. 봐, 진짜 작지?"

작은 몸 때문에 하얀 기저귀 가운을 입은 것 같다. 게다가 얼굴을 다 가리는 모자를 쓰고 코에는 인큐베이터와 연결된 이상한 관을 꽂고 있다. 잔뜩 오그린 가녀린 다리가 쪼글쪼글하다. 익히 본 사진들이다. 엄마가 말한 내용과 증거 사진이 정황상 일치하니 더이상 캐물을 빌미가 없다. 단 하나, 풀리지 않는 건 동심원이다. 엄마 말대로라면 아빠의 다이어리에 있던 사진 속의 아이는 내가 아니라는 뜻이 된다. 그럼 답은 하나, 그 아이는 영조다.

비가 오고, 오고, 또 온다. 장마의 시작이다.

바나나우유

"아아, 아야!"

"엄살 피우지 말고 등 쫙 펴."

"싫어! 내가 할 거야."

"어림없어. 또 지난주처럼 때만 불려서 가려고."

"씨, 아프단 말이야."

"내 팔이 더 아파."

가슴엔 갈비뼈가 도드라져 드러나고 등짝은 겨우 공책 한 페이지가 될까 말까. 6개월 전, 처음 동심원에 들어올 때 재웅이는 심한 영양실조 상태였다고 했다. 그래서인지 또래보다 체구가 작다. 그런데 쥐방울만 한 녀석이 얼마나 제멋대로인지 사실 처음엔

같이 목욕탕에 오는 게 창피했다. 뭐 지금도 그리 썩 내키지는 않지만 그래도 씻어서 반질반질해진 녀석을 보면 꽤나 성취감 비슷한 게 느껴진다.

"우이 씨, 뜨겁단 말이야!"

"인마, 사람들이 다 쳐다보잖아."

"보면 뭐!"

"너 자꾸 소리 지르면 사이다 안 사준다?"

"그깟 거 줘도 안 먹어."

"잘됐네. 이제 비누칠은 네가 해."

재웅이가 분풀이를 한답시고 내게 찬물 한 바가지를 끼얹었다. 물이 사방으로 튀었다.

"야, 이놈들!"

탕에 앉아 있던 아저씨가 고함을 쳤다. 아까부터 우리를 향해 줄곧 언짢은 표정을 짓고 있던 아저씨다. 민폐가 이만저만 아니라는 건 인정하는 바이니 욕을 들어도 할 말이 없다. 아홉 살, 임재웅. 처음에는 죽어라 입 다물고 퉁퉁대기만 하더니 함께 온 횟수가 쌓일수록 소리 지르기, 냉탕에서 첨벙거리고 물 튕기기, 온탕에 찬물 틀기, 온몸에 비누칠을 한 채 뛰어다니기 등등, 감당이 안 될 지경이다. 차라리 처음처럼 말 안 하고 뻗대는 게 백번 나을 것 같다. 몸이 힘든 게 아니라 눈치 보느라 마음이 더 힘들다.

재웅이는 물기를 채 닦기도 전에 옷을 입기 시작했다. 그런데도 엄청 잽싸다. 저번처럼 먼저 튀어 나가 없어지기 전에 잡아둬야 된다. 얼른 냉장고에서 바나나우유를 꺼내 재웅이 손에 쥐여준다.

"뭐야, 안 사준다며?"

"사이다 아니고 우유잖아. 돌아다니지 말고 여기 딱 앉아서 마셔."

"빨대 줘."

"네가 가져와."

"여기 딱 앉아 있으라며?"

"으이그, 자."

그래 봤자 내게 허락된 시간은 1분도 채 안 될 거다. 아니나 다를까, 후다닥 옷을 껴입은 동시에 꾸르륵 꾹 바나나우유가 바닥을 드러내는 소리가 요란하다.

후덥지근한 목욕탕을 벗어나니 7월의 바람도 제법 시원하게 느껴진다.

"개운하지?"

"등 따가워."

"살살 비누칠만 했는데 뭘. 근데 내가 너보다 열 살이나 많은데 왜 계속 말 놓냐?"

"뭐, 뭐!"

"솔직히 너 형아랑 목욕하는 거 좋지?"

"메롱!"

재웅이가 날 앞질러 뛰기 시작했다. 그러더니 다시 돌아 뛰어오고 또 앞서 뛰어가고 왔다 갔다 까불어댄다. 이렇게 일주일에 한 번, 재웅이는 시설에 사는 아이가 아닌 그냥 평범한 보통 아이가 된다.

혹 영조를 만날 수 있지 않을까 다시 동심원을 찾은 내게 원장은 다짜고짜 재웅이 얘기를 꺼냈다. 차마 거절하지 못할 연막을 잔뜩 뿌려대며.

"이제 적응할 때도 됐는데 얘가 어째 통 맘을 안 열어. 시설 식구들은 대놓고 밀어내기만 하니 돌보는 보모 선생님이나 나나 참 어렵네. 그래서 내가 이래저래 궁리해봤는데 말일세, 일주일에 한 번 학생이 재웅이를 데리고 목욕을 다녀보면 어떨까?"

이런 황당한! 차라리 청소나 이불 빨래를 하는 게 낫지 저런 말썽꾸러기 혹을 달고 하필이면 목욕이라니. 나도 집에서 샤워나 하지 목욕탕에 가본 기억이 까마득한데. 아무래도 내키지 않았다. 내 표정이 떨떠름했는지 원장이 얼른 덧붙였다.

"오고 가는 시간까지 넉넉하게 봉사 시간으로 잡아주지. 사실 재웅이가 보통 애들보다 좀 산만해서 여럿이서 하는 단체 활동보다는 맨투맨 방식의 자연스런 생활지도가 더 필요한 상황이거든.

그래서 믿을 만한 사람이 필요했는데 학생이 조용하고 침착해 보여서 적임자다 싶네만, 어떤가?"

"사실 전⋯⋯."

"어렵게 생각할 필요 없어. 아버지랑 목욕탕 가봤지? 재웅이한 테도 자네와 같은 평범한 경험을 선물한다고 생각하면 어떨까?"

경험을 선물한다? 이렇게까지 말하는데 거절한다면 난 정말 인정머리 없는 놈이 되겠지? 하지만 정작 나도 아빠랑 같이 목욕탕에 가본 게 손가락에 꼽을 정도다. 하도 오래된 일이라 또렷하진 않지만 후끈한 수증기와 약초탕에서 나던 아릿한 한약 냄새, 미끄 럽고 따뜻하던 살갗의 느낌만은 아련히 떠오른다. 그리고 바나나 우유의 달콤함도. 그러고 보니 아빠와의 추억이 아주 없었던 것은 아니구나. 영조란 아이는 나 때문에 이런 추억조차도 없겠다⋯⋯. 솔직히 목욕 봉사라는 다소 껄끄러운 제안을 받아들인 건 재웅이 보다 나를 위한 것이나 다름없었다.

동심원 앞에 다다르자 재웅이는 또 철문에 매달렸다. 마당에선 희뿌연 먼지를 일으키며 축구가 한창이다. 큰 애, 작은 애가 뒤섞여 공을 따라 우르르 몰려다닌다. 재웅이는 철문에 매달린 채 노는 아이들을 구경했다. 끼익 끽, 소리 나게 철문을 흔들어대며 마치 '난 여기 있어' 말하고 있는 것 같다.

"가서 너도 끼워 달라 그래."

"싫어."

"그럼 형이랑 들어가자."

"싫어."

"원장님한테 다녀왔다고 말해야지."

억지로 재웅이를 철문에서 떼어내 손을 잡았다.

"우이 씨!"

재웅이가 손을 빼내려 꼼지락거린다. 담벼락 아래서 소꿉놀이를 하던 여자애 둘이 우리를 보더니 졸졸 따라온다. 화선이와 현경이다. 날 볼 때마다 같이 놀자고 보채는 애들이다.

"오빠, 어디 갔다 왔어?"

"목욕."

"왜 둘이서만 가?"

"너희들은 여자니까 같이 못 가."

"피~."

재웅이가 갑자기 여자애들을 향해 발길질을 해댄다. 내가 다른 아이들과 얘기하니까 심통이 난 거다.

"이 바보, 똥개야!"

화선이와 현경이도 지지 않고 쏘아붙이며 덤벼든다. 치고 박고 싸우기 전에 얼른 떼어놓아야 되겠다. 분이 나 식식대는 재웅이의 허리를 껴안고 안으로 들어갔다. 원장이 있어야 상황이 쉽게 정리될 텐데 하필이면 없다. 손을 놓아주면 다시 밖으로 뛰어나가 싸우려들 것 같다. 하는 수 없이 재웅이를 데리고 2층으로 올라갔다.

2층은 처음 와본다. 1층은 사무실과 공부방, 화장실, 식당이 있고 2층은 원생들이 지내는 생활관이다. 복도를 따라 방들이 쭉 늘어서 있다. 재웅이가 문이 열려 있는 첫 번째 방으로 들어갔다. 방에는 붙박이장과 사물함이 있고 접어놓은 작은 앉은뱅이책상 몇 개가 있을 뿐 별다른 장식이나 가구가 없다. 대신 하늘색 벽지에 디즈니 만화 캐릭터가 그려진 띠벽지가 둘러져 있어 그리 썰렁해 보이진 않는다. 바닥에 드러누워 발장난을 하던 남자애 둘이 재웅이와 나를 보자 발놀림이 더 격렬해졌다. 장난이라 하기엔 어째 좀 위험해 보이는 데다 둘 다 재웅이보다 덩치도 크다. 보모 선생님도 안 보이는데 재웅이 혼자 두고 가기 불안하다.

"나 들어가도 돼?"

"응!"

내가 들어가자 아이들이 얼른 일어나 앉아 빤히 쳐다본다. 최대한 상냥하게 웃어준다. 아이들이 키득거리며 재웅이에게 뭐라 귓속말을 하자 재웅이가 찡그리며 도리어 아이들을 밀어냈다.

"너흰 몇 학년이야?"

"3학년이오."

"난 2학년."

"얘는 내 동생이에요."

"그렇구나. 근데 너희들 혹시 영조라는 애 아니?"

"영조요?"

둘이 마주 보고 어깨를 으쓱거리며 고개를 갸우뚱거렸다. 은근히 감질나게 시간을 끌더니 웃음을 터트리며 둘이 입을 모아 말했다.

"몰, 라, 요."

"너희들은 뭐가 그렇게 우습냐?"

"그냥요."

재웅이가 날 흔들어대며 보채기 시작했다.

"형이랑 컴퓨터 하면 안 돼?"

"지금 컴퓨터실 문 잠겼어요."

한 아이가 귀띔해준다. 그 말을 듣고도 재웅이는 막무가내다.

"안 돼. 문 잠겼다고 하잖아."

"아아, 아이, 가!"

더 격렬하게 날 흔든다. 영락없는 어리광이다. 제지하지 않고 그냥 재웅이가 하는 대로 흔들려준다.

"그럼 핸드폰 줘봐."

"뭐 하게?"

"게임."

"딱 오 분만이야."

"응, 빨리빨리 줘!"

신이 나서 발까지 콩콩 굴러댄다. 내가 핸드폰을 재웅이에게 건네주자 옆에 있던 애들까지 달려들었다.

"비켜!"

재웅이가 아이들을 밀치고는 후다닥 방을 뛰쳐나갔다. 신발도 신지 않은 채다. 얼른 쫓아갔지만 감쪽같이 사라졌다. 이 쥐방울만 한 녀석을 어디서 찾지? 분명히 계단 쪽으로 갔으니 1층으로 내려간 게 분명한데 보이지 않는다. 공부방에도, 사무실에도, 화장실에도 없다. 마침 식당에서 나오는 원장과 마주쳤다.

"식사 시간 다 됐는데 밥 먹고 가지?"

"아, 아뇨."

"어허, 너무 사양하는 것도 실례야. 먹고 가."

식당에도 재웅이가 없다. 별수 없이 제 발로 나타날 때까지 기다려야 할 것 같다. 배고프면 오겠지. 스피커에서 피아노 연주가 흘러나오기 시작하자 2층에 있던 아이들이 뛰어내려오고 마당에 있던 아이들도 삼삼오오 식당으로 모여들기 시작했다. 식당으로 들어가는 복도 끝에 서서 재웅이를 기다리는데 여간 뻘쭘한 게 아니다. 들어가는 아이들마다 힐끔거린다. 큰 아이들일수록 날 대하는 표정이 냉랭하다. 몇몇은 날 아래위로 훑어보며 경계와 적의를 드러냈다. 난 저 애들에게 불편한 이방인이다.

"들어가지 왜 여기 이러고 있나?"

"재웅이가 안 와서요. 방에도 없고."

"허허, 이 녀석 또 어디 숨었나?"

"여기저기 다 찾아봤는데 없습니다."

"내 짚이는 데가 있지."

원장이 앞서 지하로 내려갔다. 컴퓨터실, 도서실, 화장실을 지나 제일 구석진 방 앞에 멈췄다. 방문에 원장실이란 명패가 달려 있다.

"1층에 사무실이 있는데 뭐 굳이 원장실이 따로 필요한 것도 아니고 해서 말이야. 비워두니 아이들 놀이터가 다 됐지."

원장이 문을 열려고 잡자 동그란 문고리가 바닥으로 떨어졌다. 원장이 익숙하게 문고리를 주워서는 다시 끼워 넣었다. 창이 없는 지하라 그런지 어두컴컴하다. 불을 켜니 수명이 다한 형광등이 껌벅거리며 간신히 방 안을 비추었다. 책상과 의자, 책장, 칠판, 서류장과 박스 따위가 켜켜이 쌓여 있다.

"재웅이 있냐?"

회전의자가 휘익 돌더니 재웅이가 벌떡 일어서며 재빠르게 두 손을 등 뒤로 감추었다. 원장이 재웅이에게 나오라고 손짓했다. 다행히 화난 얼굴은 아니다. 재웅이가 경보하듯 잰걸음으로 걸어오더니 슬쩍 내 손에 핸드폰을 건네주고 뛰어 달아났다.

"녀석, 또 전화했구나. 안 받을 텐데."

"재웅이 가족이 있나요?"

"그럼. 엄마가 알코올 중독으로 요양원에 있다는데 통 연락이 안 돼. 외삼촌이란 사람이 가끔 만나러 오더니 그나마 요즘은 안 오네. 여긴 고아도 있지만 사정이 여의치 않아서 부모가 직접 데리고 오는 애들도 꽤 되지."

"저, 혹시 영조라는 애를 기억하세요?"

"영조라…… 처음 듣는 이름인데. 동심원에 있었나?"

"네, 그런 것 같은데."

"그럼 내가 모를 리가 없는데. 혹시 다른 시설에 있을 수도 있으니 사무실 김 선생한테 말해봐요. 요즘은 원생들 인적 사항이 컴퓨터로 다 관리되니까 혹여 다른 시설에라도 있으면 연락이 될지 모르지. 옛날에는 일일이 찾아다니면서 서류 확인하고 얼굴 대조하고 했는데 그에 비하면 요즘은 참 수월해졌지."

"언제부터 동심원에 계셨어요?"

"6·25전쟁 막 끝나고 우리 아버지가 전쟁고아들을 위해 동심원을 열었고, 아버지 돌아가시고 고모가 운영하셨고, 다음은 박 원장, 나는 15년쯤 됐지, 아마."

이름이 영조라는 것 외에 아는 것이 하나도 없다. 더구나 10년도 더 된 다이어리 속에서 발견한 사진이니 데이터베이스화되어 있지 않을 확률이 훨씬 크다. 영조가 어떤 사정으로 동심원까지 오게 되었는지는 모르지만 아빠가 알게 된 이상 계속 시설에 맡겨 두었을 리가 없다. 마치 안개 속에서 영조가 줄을 매어 날 조종하고 있는 것 같다. 내가 그 애의 자리를 뺏은 것도 아닌데…….

폐쇄 회로

"할머니가 많이 편찮으시대. 군소리 말고 따라나서."

"약속 있어요."

"무슨 약속? 너 일요일마다 엄마 아빠 피해서 나가는 거잖아."

"맘대로 생각하세요. 어쨌든 난 못 가니까."

"가야 돼. 고모네랑 큰집 식구들 다 모이기로 했어. 네가 싫어하는 거 알지만 그래도 좀 참아. 어디 난들……."

아빠를 의식했는지 엄마가 하려던 말을 삼켰다. 나 못지않게 엄마나 아빠에게도 가시방석인 걸 모르지 않는다. 사촌들의 은근한 냉대와 반감, 하지만 내가 더 참을 수 없는 건 자신의 실패를 인정하지 않는 한결같은 엄마의 고집이다. 친척들 앞에서 날 과대 포장하는 것도 모자라 행복을 가장하며 웃는다. 하지만 그들의 눈은 말한다. 어림없는 소리 하지 말라고. 돌아가신 할아버지도 하늘나라에서 박장대소하시려나?

세뇌의 힘은 무섭다. 돌아가신 할아버지의 유산처럼 일가친척들의 뇌리에 나는 핏줄이 아니다. 고로 가족이 아니다. 할아버지는 사촌들과는 달리 한 번도 날 "내 강아지"로 불러주지 않았다. 할아버지에게 내 강아지는 곧 내 핏줄이며 내 자손을 의미한다는 걸 눈치채지 못하는 바보는 우리 중에 아무도 없었다. 할아버지의 사고방식으로 난 남의 땅에 보따리 싸 들고 살러 온 무례한 이민자이며 그 보따리 안에 어떤 의뭉스러운 물건을 숨겨 왔는지 아무도 모르는 잠재적 침략자인 것이다. 그리고 이 모든 빌미를 제공한 엄마와 그런 엄마를 내치기는커녕 적극 동조한 당신의 아들조차 탐탁지 않기는 마찬가지였다. 어쩌면 엄마의 연극은 할아버지에 대항해 내 존재를 증명하고자 했던 처절한 몸부림이었는지 모른다. 하지만 해가 거듭되며 그들이 보는 것과 엄마가 보여주려 하는 것의 괴리는 커졌고 우리는 안쓰러운 웃음거리로 전락했다. 나는 친척들, 아니 내가 입양아라는 사실을 아는 모든 사람들 앞에서 늘 주눅이 들었고 숨을 곳만 찾았다. 그리고 원망했다. 왜 엄마 아빠는 공개 입양을 선택했을까? 나와 세상 사람들 아무도 모르게 비밀에 붙였더라면 좋았을 텐데. 엄마가 내가 선택받은 아이라는 사실을 강조할수록 나는 버려졌다는 막연한 수치심에 시달려야만 했다.

"너 두고 또 이러쿵저러쿵 수군거리는 거 난 싫어. 그러니까 정말 약속이 있대도 취소해."

"엄마가 내 말을 곧이곧대로 믿어준 적이 한 번이라도 있어요?"

"좋아, 이제부터 팥으로 메주를 쑨다고 해도 믿어줄게. 됐니?"

갑자기 서재에서 아빠의 고함이 터져 나왔다.

"너야말로 순순히 시키는 대로 할 순 없어?"

마치 돌림노래처럼 서로가 서로의 꼬리를 물며 탓하고 있다. 난 할 만큼 했는데 이렇게 된 건 전부 네 탓이다! 이럴 땐 누가 봐도 영락없는 한가족이다. 인간은 저마다 속에 악마를 숨기고 있다고 했던가? 난 조용히 핸드폰을 꺼내 동심원의 번호를 눌렀다.

"동심원이죠? 원장님 좀 바꿔주세요."

엄마가 무슨 영문이냐는 표정으로 날 본다. 아빠는 여전히 모습을 보이지 않고 있지만 내 목소리를 듣고 있을 것이다. 난 얼버무리지도, 우물거리지도 않고 자못 냉정하고 사무적인 목소리로 말했다. 아빠에게 충분히 들리도록.

"저 이영래입니다. 오늘은 동심원에 못 갈 거 같아서 연락드렸습니다. 네…… 네…… 그럼 다음 주에 뵙겠습니다."

숨겨왔던, 아니 비밀에 부쳐왔던 당신의 비밀을 밝히고야 말겠다. 이미 난 당신의 비밀에 한 발을 담근 상태이며 언제든 폭로할 준비가 되어 있다. 난 아빠에게 일종의 선전포고를 한 셈이다. 하지만 내 과녁은 아빠가 아닌 우리다. 분명 셋 모두에게 상처가 될 것이 자명하고 어쩌면 겨우겨우 땜질로 유지되었던 가족이라는 울타리가 깨어질지도 모른다. 모든 예상 가능한 결말에도 불구하고 이 불온하기 짝이 없는 아빠의 비밀을 깨버리고 싶다. 알면서 모른 척하기를 강요하던 아빠의 뻔뻔함도 싫고 아빠의 비밀에 집착해 조악한 시나리오나 만들어가는 나 자신은 더 싫으니까.

"동심원?"

엄마가 정확하게 '동심원'을 집어냈다. 역시 내 예상대로다. 이쯤 되면 아빠의 등장은 초읽기에 들어간 거나 다름없다. 그럼 난 빠져서 구경이나 하자. 하나, 둘, 셋, 넷…… 아홉, 드디어 아빠가 등장했다. 내 시선을 피한다. 일단 엄마의 호기심이 발동했으니 설령 무대가 차 안으로 바뀐다고 해도 상관없다. 나는 엄마 아빠의 원대로 순순히 따라나섰다. 구경꾼의 자격으로.

차가 아파트 지하 주차장을 벗어나자마자 엄마가 운을 뗐다.

"약속이 동심원에 가는 거였니?"

"예."

"왜?"

룸미러를 통해 잠깐 아빠와 시선이 마주쳤지만 아빠는 얼른 정면으로 시선을 돌렸다. 그리고 에어컨을 끄고 창문을 내렸다. 앞뒤 창을 모두. 도로의 소음과 바람 때문에 차 안은 갑자기 산만해졌다.

"더운데 에어컨은 왜 꺼요?"

"환기 좀 시키고."

엄마가 뒤에 앉은 날 향해 반쯤 몸을 틀고 다시 물었다. 목소리 톤이 높아졌다.

"동심원엔 왜 가냐고?"

"사람 좀 찾으려고요."

"누구?"

"……."

"뭐?"

암말도 안 했는데 엄마가 되물었다. 엄마가 신경질적으로 창문의 개폐 버튼을 눌러 소음을 차단하자 일시에 차 안에 정적이 흐른다.

"누굴 찾는다고?"

엄마의 말이 끝나자마자 갑자기 아빠가 경적을 울리며 큰 소리로 짜증을 냈다.

"에이, 신호를 넣고 들어와야 될 거 아니야!"

엄마가 잠시 주춤하는 사이에 아빠가 라디오를 틀었다.

"지금 애랑 얘기 중이잖아요."

"정신없어. 얘기는 집에 가서 하지."

"라디오가 더 정신없지 뭐."

내 핸드폰이 울리더니 동심원 번호가 뜬다.

"여보세요?"

엄마가 힐끔 뒤를 돌아본다. 내가 전화를 받는 걸 본 엄마가 라디오 소리를 줄였다. 재웅이다. 녀석답지 않게 목소리에 힘이 하나도 없다. 무슨 일이 생긴 걸까?

"형."

"어, 나야."

"오늘 진짜 안 와?"

"응, 다음 주에 갈게."

"왜, 왜, 왜?"

"미안……."

내 말이 채 끝나기도 전에 재웅이가 전화를 끊어버렸다. 엄마가 기다렸다는 듯이 누구냐고 물었다. 대답 대신 눈을 감았다. 혼자 동심원 철문에 매달려 있을 재웅이 생각에 마음이 편치 않다. 솔직히 원장에게 전화를 하며 재웅이 생각은 전혀 하지 않았다. 별 죄책감 없이 내 편의에 따라 일방적으로 약속을 어긴 것이다. 난 재웅이에게 또 상처를 주었다. 다른 어른들처럼.

"누군지 맞춰봐."

살금살금 다가가 두 손으로 재웅이의 눈을 가리며 물었다. 낯간지러운 짓을 해서라도 재웅이 맘을 풀어주고 싶다. 누군지 모를리 없는데 재웅이는 대답을 안 하고 가만히 있다. 그만 머쓱해져 손을 풀었다.

"짠, 형 왔다."

울었나? 머리카락은 땀에 젖어 달라붙었고 얼굴은 꼬질꼬질하다. 철문을 부여잡고 있는 재웅이의 손을 잡았다. 재웅이가 내 손을 뿌리치고 죽기 살기로 다시 문에 매달린다. 겨드랑이에 간지럼을 태우자 꿈질거린다. 딴에는 잔뜩 인상 쓰고 화난 척하고 있지만 누그러지고 있는 게 뻔히 눈에 보인다. 이렇게 금방 풀릴걸……. 재웅이가 차라리 끝까지 날 밀어냈더라면 조금 덜 미안했을 텐데.

"원장님한테 목욕 간다고 얘기하고 올게. 기다려, 알았지?"

사무실에 갔다 오는 사이 재웅이가 없어졌다. 또 감쪽같이 사라졌다. 마당에서 놀던 아이들도 못 봤단다. 쥐방울만 한 녀석이 어디에 숨었을까? 하긴 고분고분 따라나서면 재웅이가 아니지. 그래도 뭐 짚이는 데가 있으니 전처럼 우왕좌왕 찾아다니지 않는다. 곧바로 지하에 있는 원장실로 갔다. 문고리는 여전히 고쳐지지 않은 채 당기니 쑥 빠져버린다.

"재웅아, 어딨냐?"

짐짓 못 찾는 척 두리번거리며 어슬렁거린다. 킥킥거리며 기척을 할 때가 됐는데 조용하다. 정말 없나? 분명히 여기 있을 줄 알았는데. 회전의자에 털썩 기대앉았다가 뒤로 나자빠질 뻔했다. 젠장, 의자 지지대가 부러졌다. 그러고 보니 이 방에 있는 건 뭐 하나 성한 게 없는 것 같다. 나무로 된 책상은 여기저기 긁힌 데다 책상 위를 덮어놓은 유리는 길게 금이 간 상태다. 책장에 전시된 감사패는 거미줄과 먼지에 쌓인 채 엎어져 있고 몇 권 되지 않는 책들은 금방이라도 책 벌레가 우수수 떨어질 것 같다. 아이들의 낙서로 빈틈이 없는 낡은 칠판이랑 쌓아놓은 크고 작은 박스까지, 원장실이라기보다는 그냥 잡동사니로 가득 찬 창고다. 몸집이 작으니 혹시 박스에? 하나하나 열어봤지만 책이랑 서류 묶음, 앨범들만 뒤죽박죽 들었다.

박스 뒤에 있는 5단짜리 철제 서랍장, 재웅이가 여기 들어가 있을 리는 절대 없지만 그냥 열어본다. 안에는 비닐 표지의 파일이 빼곡히 정리되어 있다. 아무거나 하나를 꺼내 펼쳤다. 이름, 생년월일, 발견 장소, 인상착의와 특징, 사진 등등, 원생들의 개인 정보가 담긴 서류들이다. 동병상련인지 생전 처음 보는 이름과 얼굴인데 예사롭지 않다. 동심원에 입소한 연도 순서대로 정리된 것 같은데 최근 것은 아니니 재웅이에 대한 기록은 없겠다. 서랍이 한 칸씩 내려갈수록 5~6년씩 거슬러 올라가는 것으로 보아 내 또래 아이들은 밑에서 세 번째 칸쯤이 될 것이다. 어디에 뭐가 들었든 도대체 왜? 단순한 호기심도 아니고 꼭 짚어 설명할 뭣도 아니다. 에라, 모르겠다. 내 맘이 시키는 대로 하자. 차례대로 한 칸씩 열어 연도를 확인하고 두툼한 서류철을 빠르게 한 장씩 뒤져본다. 다섯 권을 다 봐도 아는 이름이 없다. 하긴 별 기대는 하지 말자. 원장의 기억에 없다니 일시 위탁되었는지 모른다. 그러면 기록이 없을 수도 있을 테지. 긴장이 풀리며 마음이 놓인다. 한결 편안해진 기분으로 다음 칸을 열어본다. 계속 보다 보니 이제 아이들의 얼굴이 다 비슷비슷해 보인다.

"어?"

떡하고 내 눈앞에 나타난 사진 한 장과 그 아래 쓰인 이름, 뭐가 뭔지 도무지 이해할 수가 없다. 아빠의 다이어리 속에 있던 것과 분명 똑같은 사진인데 이름이 이영조가 아니다.

이름 : 오봉호

다시 보고 다시 봐도 분명히 오봉호라고 쓰여 있다. 이건 논리적으로 설명이 안 된다. 상상력을 동원해 꿰맞추기라도 해야겠는데 충격으로 멍해진 머리가 말을 듣지 않는다. 일단 심호흡부터

하고 마음을 가라앉히자.

생년월일 : 1995년 12월 17일
발견 장소 : 한동병원

익숙한 숫자들, 태어난 해와 생일이 나와 똑같다. 내가 태어난
병원이 어디랬지? 가물가물 기억이 안 난다. 여기 적힌 기록에 따
르면 오봉호는 네 살 때에 영유아 보육 시설에서 동심원으로 옮겨
왔다. 이 사진은 그때쯤 찍었던 사진인가 보다. 그런데 아빠가 왜
이 사진을 간직하고 있었을까?

아, 이런 멍청이! 이제야 그 생각이 나다니. 고물섬에서 본 오봉
호의 상자에 들어 있던 사진. 그 사진 속 배경이 이 사진과 똑같았
다. 대나무가 있는…… 바로 동심원 마당이다. 이 상황을 이해하
려면 힌트가 더 필요하다. 얼른 다음 장을 넘겼다. 그런데 오봉호
에 대한 기록은 달랑 한 장뿐, 다른 아이들과는 달리 성장 과정에
대한 기록이 전혀 없다. 아니, 없는 게 아니라 없어진 거다. 자세히
보니 표시가 나지 않도록 아주 조심스럽게 찢어낸 흔적이 있다.
도대체 누가?

영조라는 아이에 대한 내 추측은 모두 빗나갔다. 영조가 아빠의
외도로 태어난 아들일 가능성은 희박하다. 같은 날 태어난 친아들

을 시설에 맡기면서까지 날 입양했다는 건 상식적으로 말이 안 된다. 아빠가 흘린 비밀의 파편들을 너무 도식적이고 진부하게만 해석했던 게 잘못이었다. 또 이런 상황을 반복하지 않으려면 드러난 사실에만 근거해서 추리해야 한다. 먼저 아빠의 다이어리 속 사진은 오봉호다. 오봉호는 나와 생년월일이 같으며 동심원에서 자랐다. 오봉호는 나인 척하며 아빠에게 영조에 대한 무언가를 언급했다. 생각할수록 오봉호와 영조가 동일인일 확률이 커지고 있다. 그러고 보면 오봉호가 내 앞에 나타난 것부터가 우연이 아니었다. 오봉호가 내게 도둑 누명을 덮어씌운 것하며, 나로 변장해서 우리 집에 잠입한 것까지 모두 철저히 계산된 것이라면 영조를 둘러싼 이 엄청난 비밀의 희생양은 엄마가 아닌 나일지도 모른다. 마지막 비밀의 정체를 풀 열쇠는 아빠와 오봉호의 관계다. 더 이상 내 문제가 아니라고 회피하기엔 너무 깊이 들어왔다. 정수리에서 발가락 끝까지 풀을 먹여 뻣뻣해진 느낌이다.

"형!"

"어!"

"씨, 한참 찾았잖아."

"어, 재웅이구나."

"똥 누러 갔었어. 우리 목욕 안 가?"

"가, 가야지. 가자."

가족의 비밀

허술하기 짝이 없는 회색 패널에 가려진 고물섬이 오늘따라 마치 철옹성 같다. 새까만 하늘과 맞닿은 듯 가림막이 높고 육중해 보이는 건 순전히 어둠의 힘이다. 까짓 쉽사리 주눅 들지 말자. 뭐든 불확실성을 걷어내고 실체를 보고 나면 두려움은 사라지는 법이니까. 비밀이란 놈도 마찬가지일 테지.

똑똑똑.

기척이 없다. 좀 더 힘을 주어 주먹으로 쾅쾅 두드려본다. 여전히 기척이 없다. 10시밖에 안 됐는데 벌써 잠들었나?

"오봉호, 문 열어!"

두드리고 발로 차도 열어줄 생각을 안 한다. 텅 빈 거리로 소리가 울려 퍼졌다. 멀리 아파트 쪽에서 여러 마리의 개가 연속적으로 짖어댄다. 안에 없나? 고물섬 번호로 전화를 걸어본다. 신호가 몇 번 울리지 않아 안내가 나온다. 없는 번호란다. 그럴 리가? 불과 얼마 전까지만 해도 내가 걸고 받았던 번호인데. 설마 그새 철거된 거야? 그러고 보니 내가 일을 다닐 때랑은 주변이 사뭇 다르다. 드문드문 남아 있던 제척지의 낡은 집들의 불이 약속이나 한 듯 모두 꺼져 있다. 예감이 좋지 않다. 이제 오봉호만 다그치면 될 거라고 생각했는데 그 간단한 일조차 꼬이기 시작한다. 오늘 또 허무하게 빈손으로 돌아서긴 싫은데……. 참, 맘보의 병원비를 송금하고 오봉호에게서 문자가 한 번 왔었지. 혹시나 하는 맘에 수신 메시지 함을 열어본다. 역시나 텅 비었다. 보자마자 삭제하고 메시지 함을 비워두는 게 내 오랜 버릇이니 남아 있을 리가 없다. 그래도 포기하기는 이르다. 저장된 통화 기록을 죽 훑어본다. 거의가 모르는 번호다. 스팸 번호 중에서 가려내려면 일일이 걸어봐야 되나? 당장이라도 확인하고 싶지만 일단 후퇴다. 목이며 팔까지 따끔거리고 가려워 미칠 지경이다. 내내 귓가에서 앵앵거리는 모기들에게 어이없이 무릎을 꿇는다. 참을 수 없는 이 빈약한 의지라니!

아빠와 엄마의 한가운데 사진을 살며시 내려놓았다. 아빠는 단번에 사진을 알아본 걸까? 평온하던 얼굴이 순식간에 일그러졌다. 놀람 아님 분노? 어쨌든 포커페이스에 실패한 건 확실하다. 방심하고 있는 적의 허를 찌른 것 같아 통쾌하기까지 하다. 나에게 이런 가학적인 면이 있었다니. 아빠가 사진을 향해 손을 내밀었다. 하지만 다행스럽게도 엄마가 조금 더 빨랐다.

"이게 몇 살 때야?"

"그거 나 아닌데요."

"그래?"

엄마가 고개를 갸우뚱거리며 사진을 뒤집어 본다.

"동심원? 아, 네가 전에 말한 거기구나. 근데 얘 너랑 정말 많이 닮아……."

갑자기 엄마가 하던 말을 우물거렸다. 뭔가 짚이는 게 있는 거다. 아무렇지 않게 얘기하던 방금 전과는 분위기가 사뭇 달라진 걸 보면. 엄마가 슬쩍 사진을 탁자 밑으로 가져갔다. 구겨지는 소리가 난다. 뭐야! 엄마에게서 공범의 냄새가 난다. 내가 상대할 적이 아빠만이 아니란 뜻이다. 둘의 치밀한 언변에 또다시 농락당하지 않으려면 얼른 쐐기를 박아야 한다. 내가 가진 마지막 카드를 서둘러 꺼내놓는다.

"아빠가 가지고 있던 사진이에요. 영조……."

내 말이 떨어지자마자 엄마와 아빠가 반사적으로 마주 본다. 오,

예스! 내 카드의 위력이 생각보다 강력했다. 이제 둘의 퇴로는 막힌 거나 다름없다. 화를 억누른 엄마의 날카롭고도 낮은 목소리가 아빠를 겨냥해 날아갔다.

"도대체 이따위 사진을 왜!"

"결국은 알게 될 일이었어."

"알아서 좋을 게 뭔데? 안 그래도 맘 못 잡고 있는 애를 더 흔들어놔서 어쩌자는 거냐고."

"내 의도가 아니니까 날 비난할 생각일랑 마. 적당한 때는 아니지만 이렇게 된 이상 더는 감출 수 없어. 다 털어놓자고."

"난 그렇게 못해."

"당신 바보야? 당신이 입 다문다고 없어지는 사실이 아니잖아. 영래를 좀 봐. 어린애가 아니야. 어떻게든 알아낼 거라고. 어쩌면 벌써 다 알고 있거나."

엄마가 당당하게 날 마주 보지 못하고 얼른 눈길을 피한다. 언제나 내 앞에서 자신만만하게 군림하던 엄마가 누가 들어도 비굴한 변명을 횡설수설 늘어놓는다.

"사실 굳이 말을 안 했을 뿐이지 속이려던 건 아니잖아. 우리가 처음부터 더 신중했더라면 좋았겠지만 말이야. 하지만 좋은 일을 하다 보면 불가피한 일이 생길 때도 있는 거지, 안 그래?"

아빠가 고개를 저었다. 엄마의 말에 동의할 수 없단다. 물론 나도 동의할 수 없다. 굳이 밝히지 않는 것과 비밀을 지키는 것이 다른가? 아니다. 둘 다 바탕에 침묵을 깔고 있으므로 본질적으로 같다. 그러므로 그 침묵의 폐해 또한 다르지 않을 거다. 엄마 아빠와 나 사이를 가로막고 있던 벽이 바로 그 침묵에서 시작되었을지도 모르니까. 이제 엄마와 아빠는 내게 굳이 감추고 싶었던 진실과 대면해야만 한다. 아빠가 단호하게 말했다.

"영조는 너의 쌍둥이 형이다."

이 무슨! 머리에 과부하가 걸린 듯 아무 생각도 나지 않는다. 마치 폭탄 돌리기 게임을 하는 것 같다. 이제 폭탄은 내 손으로 넘어왔다. 빨리 정리를 해보자.

영조는 나의 쌍둥이다.

영조는 오봉호다.

고로 오봉호와 나는 쌍둥이다.

그래, 그렇군…… 이런 걸 흔히 말하는 출생의 비밀이라고들 하나? 내가 입양아라는 사실, 내가 알고 있는 것이 다가 아니었단다. 결국 엄마 아빠는 공개 입양의 제스처를 취함으로써 내 출생과 입양에 관한 모든 의구심을 원천 봉쇄한 것이다. 젠장, 이건 철저히 계산된 속임수다.

느닷없이 엄마가 곁에 바짝 붙어 앉으며 내 손을 부여잡았다. 난 엄마가 하는 대로 그냥 둔다. 화를 내야 하는지, 울어야 하는지,

뭘 어찌해야 할지 너무 혼란스러우니까.

"인정해, 그 애를 파양한 건 내 잘못이야. 덥석 쌍둥이를 입양하는 게 아니었는데. 처음엔 잘 해낼 수 있을 줄 알았어. 정말 자신 있었어. 하지만 쌍둥이를 키울 만큼 내 품이 넓지 않다는 걸, 내 욕심이 과했다는 걸 바로 깨달았지. 안 믿을지 모르겠지만 마치 내가 널 낳은 것처럼 산후 우울증까지 앓았어. 당신도 기억나지?"

아빠가 마지못한 듯 고개를 끄덕였다.

"그 애한테 정말 못할 짓인 줄은 알았지만 그래도 그럴 수밖에 없었어. 두 아기 모두에게 못할 짓 할 바에야 하나만이라도 제대로 키우고 싶었을 뿐이야. 널 그 애 몫까지 행복하게, 훌륭하게 키우려고 나로선 최선을 다했어."

"둘 중에 왜 하필이면 나를 선택했어요?"

어쩌면 오봉호 아니 영조도 알고 싶어 할 것 같다. 자신이 파양당한 이유를.

"그냥…… 너한테 더 마음이 갔겠지……."

"왜 나한테 더 마음이 갔을까요? 내가 덜 울어서, 아님 적게 먹고, 똥도 조금 싸고, 더 오래 자서?"

"그런 식으로 말하지 마. 음…… 굳이 이유를 찾자면 네 오른쪽 눈 밑에 있는 그 점. 쌍둥이라 정말 똑같았는데 유일하게 눈에 띄게 다른 게 그 점이었지."

"점? 도대체 이깟 점이 뭐라고!"

"봐, 아빠도 눈 아래 점이 있잖아. 너랑 묘하게 닮지 않았니?"

"어차피 내가 친아들이 아니라는 건 다들 아는 마당에 아빠랑 닮은 게 뭐가 그렇게 중요해서요?"

"그러게 말이다. 사람 맘이 참 간사한 게 발가락이라도 닮았다고 우기고 싶은 그런 맘이었겠지."

둘의 운명을 가른 게 지름 1밀리미터도 안 되는 점이란다. 차라리 그냥 복불복이었다고 하지. 공개 입양이라는 꽤나 진보적이고 휴머니즘적인 사고의 한 겹 아래 이런 얄팍한 이기심과 자기모순이 감춰져 있었다니. 분노 대신 어처구니없고 억울하다. 엄마에게 우리는 완벽한 가정의 이상적인 부속품 같은 존재였을까? 지금으로선 아니라고 부인할 만한 근거가 생각나지 않는다. 그렇다고 내가 엄마 아빠를 가해자로 몰아붙일 수는 없다. 새삼 '키워주신 은혜'의 속박에서 풀려나는 것도 아니다. 내가 엄마 아빠의 아들로 선택된 건 행운인 동시에 불운이었다.

조용히 일어서 내 방으로 들어왔다. 침대에 누워 멍하니 천장을 본다. 엄마의 흐느끼는 소리에 섞여 아빠의 격앙된 목소리가 자꾸 날 방해한다.

"난 영래를 볼 때마다 한 번도 마음 편했던 적 없었어. 영조, 그 아이가 좋은 가정에 입양된 걸 내 눈으로 확인해야만 피붙이를 억지로 떼어놓은 죄책감에서 벗어날 수 있을 것 같았다고. 그렇게 백방으로 애쓴 끝에 결국엔 시설에 있는 그 애를 찾아냈던 거고……. 조금이라도 속죄하고픈 알량한 마음에 매년 영래에게 준 것과 똑같은 선물들을 보냈지. 물론 그 애에게 내 정체는 숨긴 채 말이야. 그런데 아이가 중학교에 입학할 무렵 원장이 연락을 해 왔어. 더 이상 선물 같은 건 보내지 말라고 딱 잘라 말하더군. 아이에게 헛된 희망이나 기다림을 주지 말라고. 그게 마지막이었어……."

엄마 아빠의 모습 속에 내가 있다. 집착과 통제, 방관 속에 뇌관처럼 도사린 죄의식. 과연 우리는 서로를 용서할 수 있을까. 나의 애장품 기동 전사 건담을 쓰레기통에 처박았다. 자태를 뽐내며 일렬로 서 있던 로봇들이 차례로 바닥으로 추락했다. 플라스틱 조각들이 사방으로 튀며 부서졌다. 때로는 행복했던 내 어린 시절이 함께 산산조각 나고 있다.

어억, 억…… <u>으흐흐 흐……</u>.

흉측한 소리가 내 입에서 새어 나왔다. 눈물이 흐른다. 나쁜 놈, 속 시원하게 말이라도 하지. 오봉호가 흘린 수많은 암시들을 나는 왜 진작 알아채지 못했을까…….

은유의 섬

"여, 보, 셔, 요?"

여자 목소리인 걸 보니 이번에도 꽝이다.

"잘못 걸었네요. 죄송합니다."

"나도 죄, 송, 함, 미, 다."

어린아이 같은 목소리와 말투가 어딘지 귀에 익었다. 설마 지금 내가 떠올린 사람은 아니겠지?

"저, 죄송하지만 이름이 뭐예요?"

"몰, 라, 요."

"자기 이름을 몰라요?"

"어 어, 할머니가 몰, 라, 요 하라고 했어요."

"혹시 진희 아니에요?"

"어, 어, 어!"

"진희 맞죠?"

대답이 없다. 잠시 후 "선생님……." 하는 소리가 얼핏 들리는가 싶더니 전화가 끊어졌다. 오봉호를 찾을 한 가닥 희망이 보인다. 오봉호는 진희의 핸드폰을 빌려 내게 문자를 보낸 것이다. 그렇다면 진희는 혹 오봉호의 행방을 알고 있을지도 모른다. 다시 전화를 해볼까? 아니다, 할머니가 모르는 사람과 얘기하지 말라고 철저히 교육을 시킨 것 같으니 소용없다. 만약에 직접 만난다면 날 알아볼지도 모르는데. 최준태의 똘마니 모광욱이 진희를 아는 걸 보면 멀지 않은 곳에 사는 게 틀림없는데…… 맞다, 복지관! 선생님 어쩌고 하는 걸 보면 분명히 진희는 지금 복지관에 있다. 재빨리 가장 가까운 복지관의 위치를 검색한다. 아차, 빨간 모자! 낯선 사람을 경계하니 모자가 도움이 될지 모른다.

숨이 턱 끝까지 차고 셔츠는 땀에 젖어 등짝에 달라붙었다. 아직 해가 지지는 않았지만 벌써 여섯 시가 가까워 온다. 복지관 승합차가 날 지나쳐 갔다. 이러다 놓치겠다. 뛰자. 젠장, 복지관이라면서 뭐 이렇게 외진 언덕배기에다 지어놨는지. 나를 지나쳐 간 승합차가 4층 복지관 건물 앞에 서 있다. 다행히 아직 출발 전이다. 운전기사가 차에서 내리더니 복지관의 출입문을 활짝 열어젖혔다.

"어르신들, 이제 갑니다."

로비의 소파에 앉아 있던 할머니들이 주섬주섬 일어났다. 진희의 모습은 보이지 않는다. 할머니들이 줄지어 차에 타는데 유독한 할머니만 타지 않겠다고 버티고 있다. 복지사로 보이는 젊은 여자가 할머니의 힘에 밀려 쩔쩔매며 실랑이를 한다. 덕분에 아무도 내게 신경을 쓰지 않는다. 재빨리 시간표가 적힌 안내판을 살폈다. 장애인 프로그램만 해도 한두 개가 아니다.

주간 보도, 행동, 심리치료, 언어치료, 미술치료, 직업 · 적응 훈련.

진희가 어느 반에 있을지 가늠을 못하겠다. 일단 3층으로 올라갔다. 차례로 교실을 들여다보았다. 시간이 늦어서 그런지 거의 비어 있다.

"도와드릴까요?"

등 뒤에서 누군가 날 불러 세웠다. 돌아보니 중년의 여자가 의심스런 표정으로 나를 보고 있다. 깐깐해 보이지 않아 다행이다. 의심을 받지 않도록 얼른 모자를 벗고 깍듯이 인사를 했다.

"저, 진희를 찾아왔는데요."

"어떻게 되는 사이죠?"

"그냥 좀 압니다. 뭐 물어볼 게 있어서요. 정말 중요한 일이라서 이렇게 찾아왔습니다. 잠깐이면 됩니다."

"보호자의 동의 없이는 곤란합니다."

"잠깐만, 진희 할머니와도 잘 아는 사이인데, 정말 안 되나요?"

"그러시면 일단 따라와보세요. 보호자에게 전화로 여쭤보도록 하죠."

여자가 앞장서서 1층 사무실로 내려갔다. 이 방법밖에 없다면 부딪혀볼 수밖에 없다.

"이름이?"

"오봉호입니다."

거짓말이 좀 찔리긴 하지만 자연적 인간 복제에 가장 가까운 게 쌍둥이란 주장을 잠시만 유용하자. 아무래도 그 학설은 오봉호와 나에겐 해당 사항 무, 우리는 달라도 너무 다르지만. 여자가 전화를 걸었다. 한참을 뭐라 설명을 하더니 내게 전화기를 건넸다. 올 것이 왔다. 쫄지 말고, 최대한 자연스럽게.

"할머니, 안녕하세요?"

"고물상 오 군인가?"

"예, 할머니."

"무슨 일로?"

"지나던 길에 진희한테 인사나 하고 가려고요. 뭐 좀 물어볼 것
도 있고 겸사겸사."

"그래라, 오래 잡진 말고."

힘들이지 않고 할머니의 승낙이 떨어졌다. 오봉호라고 속인 게
죄송하지만 한편으론 할머니가 오봉호를 신뢰하는 걸 직접 확인
하는 기분이 나쁘지 않다.

"로비에서 기다리시면 곧 내려올 거예요. 차를 타야 되니까
10분 정도밖에 시간이 없네요."

허락이 떨어졌는데 진정되기는커녕 오히려 가슴이 더 두근거린
다. 로비에 걸린 거울에 내 모습을 비춰 본다. 땀을 닦고 모자를 다
시 썼다. 제발 진희가 날 알아보기를⋯⋯.

땡, 경쾌한 신호음과 함께 엘리베이터 문이 열리고 네 명의 아
이들이 내렸다. 아니 솔직히 나이를 잘 가늠하기 힘드니 아이들이
라고 단정 지을 수는 없겠다. 그중 둘은 다운증후군의 특징적인
얼굴로 정말 쌍둥이처럼 닮았다. 자신들의 앞을 가로막고 선 날
보더니 모두 멈칫하는 눈치다.

"안녕?"

내게서 이렇게 다정한 목소리가 나오다니. 민망해서 얼른 오른
손을 들어 올렸다. 진희가 내 손에 하이파이브를 하자 나머지도

차례대로 손바닥을 마주쳤다. 짝, 짝, 경쾌한 소리가 났다. 한 명은 심지어 내 손을 끌어다 자기 뺨에 다정하게 갖다 대기까지. 깜짝 놀랐지만 상대가 남자라서 천만다행이다. 이렇게 대놓고 날 환대해준 사람들은 처음이다.

"할머니가 허락했으니까 나랑 얘기해도 돼요. 내가 누군지 알아보겠어요?"

"응."

진희가 당연하다는 듯 고개를 끄덕였다. 순진한 구경꾼들도 함께 고개를 끄덕였다. 나도 덩달아 끄덕인다. 그들의 긍정 에너지에 전염됐는지 자꾸 따라 하게 된다. 진희가 날 기억하고 있다니 다행이다. 내가 웃으니 영문도 모르면서 다들 따라 웃는다. 진희를 빼면 모두 처음 보는 이들인데 마주 보고 웃었다. 저들에게 사람을 무장해제시키는 무슨 비법이라도 있나 보다.

"혹시 오봉호 연락처 알아요?"

진희는 말을 할 듯 말 듯 입술만 쫑긋거린다.

"그러니까 전화번호나 주소 같은 거."

"저기 멀리 갔어."

"어디로?"

"큰 배 타고 고기 잡으러."

"언제요?"

"어제 그저께, 또 그저께⋯⋯."

"음, 핸드폰 잠깐만 보여줄래요?"

진희가 순순히 목에 걸린 핸드폰을 내어주었다. 발신 메시지 함에 오봉호가 내게 보낸 문자가 그대로 저장되어 있다. 이런⋯⋯ 난 학교 가라는 말만 기억하고 있었는데 정작 오봉호가 내게 하고 싶었던 말은 그게 아니었던 것 같다. 내가 보고도 보지 못한 말,

- 널 좋아하는 아는 형 오봉호가 -

나는 여태 보고 싶은 것만 보았다. 왜? 증오할 거리가 많을수록 내 탓이 아니라고 자위할 수 있으니까. 내 안의 상처와 결핍, 두려움까지 모두. 입양아, 난 오직 이 하나의 버전으로만 살아온 거다. 스스로를 울타리 속에 가두고 운명의 희생양인 양 자기 연민에 빠져 웅크린 채. 그런데⋯⋯ 오봉호가 날 좋아한단다. 원망도 시기도 아닌! 눈알이 튀어나오도록 뒤통수를 얻어맞은 느낌이 이럴까? 한껏 옹송그린 어깨에 힘이 탁 풀린다.

오봉호는 정말 바다로 떠났다. 상처 받고 상심한 영조를 부둥켜안고 토닥이며. 나는 진심으로 오봉호의 2막을 응원한다. 부디 그가 너무 오래 바다를 떠돌지 않았으면, 그의 배가 어떤 풍랑에도 꿋꿋하게 버틸 수 있도록 튼튼했으면 좋겠다. 그리하여 고운 모래

가 있고 달콤한 열매와 시원한 그늘이 풍성한 아름다운 섬에 닻을
내리길.

 누군가 억지로 열려고 한 듯 고물섬의 문짝이 휘어진 채 뜯겨져
나갔다. 오전 내내 퍼부은 소나기에 철거를 알리는 벽보조차 이
제는 온데간데없고 컨테이너도 통째로 없어졌다. 컨테이너의 무
게가 남긴 자국이 흙에 붉게 각인되어 있을 뿐이다. 텅 빈 고물섬
엔 안팎으로 쌓인 쓰레기가 부패하면서 역한 냄새에다 파리 떼까
지 극성이다. 먹다 버린 막대 사탕에 개미들이 새까맣게 붙어 있
다. 오봉호의 흔적은 이게 전부다. 야적장 구석에 고꾸라져 있는
진 씨 할아버지의 리어카와 녹슨 캔과 플라스틱 조각들, 비에 흠
뻑 젖어 떡이 되어버린 종이 박스가 뒤섞여 뒹군다. 폐지는 물에
젖으면 안 되는데…….
 도시의 부산물과 껍데기가 모여 새 생명을 꿈꾸던 곳. 머지않아
고물섬은 영원히 자취를 감출 것이다. 하지만 나는 여전히 살아남
아 꺼이꺼이 울고 싶은 날이면 찾아들겠지. 나의 황량한 오아시스,
고물섬으로.
 멈추었던 세상의 시계가 일제히 움직이기 시작한다.

- 끝 -

동네를 오가며 폐지를 모으는 할아버지와 백구를 처음 본 게 줄잡아 5, 6년 전쯤인 걸로 기억한다. 가끔 그들을 마주칠 때면 미안하고 안쓰러운 마음이 드는 한편 궁금했다. 우리 동네엔 고물상이 없는데 할아버지는 저 폐지를 어디까지 끌고 가야 하나? 나는 소위 말하는 신도시에 산다. 아무리 생각해도 즐비한 고층 아파트들 사이 어디에도 고물상이 있을 만한 곳은 없어 보였기 때문이다.

몇 년이 지나 길에서 우연히 리어카를 끌며 앞서 가는 할아버지를 보았다. 그사이 늘 할아버지 곁을 지키던 백구는 없었다. 마침 운동 삼아 걸으려던 참이었으므로 할아버지의 뒤를 따라 걸었다. 그리고 그곳에서 고물상을 만났다. 내 추측처럼 동떨어진 곳이 아닌 자주 다니는 큰길에서 불과 한 블록 뒤였다. 주변과 너무나 다른 풍경이 빚어내는 완전한 고립, 그곳은 섬처럼 떠 있었고 판타

지처럼 내게로 다가와 이야기의 시작이 되었다.

　삶이 빚어내는 이야기는 생각보다 훨씬 많은 단면과 진실을 가지고 있다. 우리는 끊임없이 관계에 상처 받고 소통의 부재로 괴로워하지만 때론 기꺼이 홀로 있음을 선택하기도 한다. '우리'를 향한 집착을 내려놓는 것이 자신을 찾아가는 여정의 시작이라 믿기 때문이다.

　고독한, 그러나 빛나는 청춘들에게 이 글을 보낸다.

　한없이 조심스럽다.

2012년 여름에 즈음하여
이은

소통의 부재와 고립으로 고통 받는
청춘의 이야기

    태초에 인간의 언어는 하나였다고 한다. 인간이 하늘에 도전하여 탑을 쌓아 올리자 신은 분노하여 인간의 언어를 다르게 하여 서로 알아듣지 못하게 하였고, 인간은 혼돈과 단절의 삶을 살게 되었다고 한다. 그래서일까? 매스미디어의 발달로 지구촌 구석구석에서 일어나는 일들을 실시간으로 보고 듣지만, 우리들은 마치 바벨의 도시에서 살고 있는 것처럼 소통의 부재로 고통 받으며 고독하게 살아가고 있다. 부부 간에, 부모와 자식 간에, 형제 간에, 더 나아가 민족과 국가까지. 현대의 우리들은 서로 소통하지 못하고 일방적이거나 단절된 인간관계 속에서 떠도는 섬처럼 살고 있는지도 모른다.

    이은의 『고물섬』은 바로 소통 부재의 관계를 이야기하는 소설이다. 고층 아파트가 줄지어 서 있는 도심 한 모퉁이에 섬처럼 떠 있는 고물상. 반듯하고 깨끗하고 세련된 아파트와, 낡고 구겨지고 냄새나는 고물들을 모아놓은 고물상. 그 선명한 대비는 현대인의 단절을 더 극명하게 드러내는 장치다. 거기다 누구나 한 번쯤 꿈 꿔봤음직한 뒤바뀐 삶. 작가는 이 매혹적인 소재를 버무려 관계에 상처 받고 소통의 부재와 고립으로 괴로워하는 한 청춘의 이야기를 낮은 목소리로 조근조근 풀어놓는다. 영래의 행적을 조심스럽게 따라가면서 우리는 한 가족의 비밀스러운 가족사를 만나고, 어둡고 아프지만 결코 그 아픔 위에 주저앉지 않는 가슴 짠한 청춘을 만나게 된다. 자신을 둘러싸고 있는 두꺼운 껍질을 뚫고 나와 스스로를 울타리 속에 가두고 원망만 하면서 살아온 자신의 모습을 직시하는 영래는, 어쩌면 현대를 살아가는 우리의 또 다른 모습인지도 모른다. 그래서 책의 마지막 장을 읽을 즈음에 오봉호의 건강하고 아름다운 2막을 기원하는 영래의 응원에 손바닥이 얼얼할 정도로 공감의 박수를 치게 될지도 모른다.

한정기(소설가)

성인식 | 이상권 소설집

소년은 어느 순간에 청년이 되고 어른이 되는 걸까. 마지막으로 소년 혹은 소녀였던 때를 기억하지 못하는 사람들과 현재 성장기 한가운데를 통과하고 있는 청소년들에게, 아동청소년문학의 대표작가 이상권이 들려주는 다섯 편의 성장기.

남쪽에서 보낸 일년 | 안토니오 콜리나스 장편소설

★ 서울시교육청 추천도서

스페인 평단에서 '미학 교육을 위한 소설'이라는 평가를 받았으며, 예술과 삶, 사랑에 관한 모든 테마를 깊이 있게 살펴볼 수 있는 성장소설이자 미학소설. 고등학생 하노의 한 학년 동안의 삶을 케텔비의 음악, 만테냐의 그림, 릴케의 시 등 여러 예술 장르를 아우르며 유려한 언어와 시적인 문체로 그려냈다.

비너스에게 | 권하은 장편소설 ★ 한국도서관협회 우수문학도서

청소년소설에서 금기시돼왔던 동성애를 정면으로 다루는 권하은 작가의 소설. 주인공 소년은 사랑과 미의 여신인 비너스에게 보내는 편지에서 자신과 친구들의 이야기를 털어놓으며 혼란스러운 내면을 치유하고 성장한다. 청소년뿐 아니라 성인까지 모두 공감할 만한 이야기이다.

나의 고독한 두리안나무 | 박영란 장편소설

★ 한국도서관협회 우수문학도서

엄마의 교육열로 무리하게 필리핀으로 유학 온 유니스는 엄마와 연락이 끊기면서 이른바 '버려진 신세'가 된다. 그럼에도 엄마를 이해하려 애쓰며 마을 가장 높은 곳에 있는 두리안나무숲을 찾아가서 위안을 얻는다. 엄마에게 버림받았지만 마냥 어둡지만은 않은 사춘기 소녀의 심리를 서정적으로 잘 풀어냈다.

날아봐, 슈퍼맨 날아봐! | 안나 커즈 장편소설

사고로 아빠를 잃은 후 엄마와 함께 새로운 도시로 이사를 가게 된 상처투성이 제레미. 그런 제레미의 상처를 치유해준 것은 골칫덩이 아론이었다. 제레미가 조금은 특별한 친구 아론과 함께 애벌레를 관찰하며 벌어지는 가슴 따뜻한 감동과 유머, 드라마, 서스펜스가 녹아 있는 성장소설.

오늘의 할 일 작업실 | 김혜진 장편소설

입시를 앞둔 중·고등학생들의 성장의 순간에 주목했다. 주인공 초우는 사촌 오빠가 다녔던 화실을 찾아가 그림을 시작하면서 비로소 미술이 자기가 하고 싶어 했던 일이라는 것을 깨닫는다. 사춘기 소녀가 가진 불투명한 삶에 대한 고민과 괴로움을 작업실을 통해 드러내고 해결하고 있다.

7

고마워하지 않을래 | 클로딘 르 구이크프리토 장편소설

두 다리는 마비되고, 한 팔을 쓰지 못하는 테오는 12년 동안 당연하게 받아들인 타인의 도움을 이제는 그만 받기로 한다. 하루 종일 자신이 말하는 '고마워요'의 횟수를 통해 성공과 좌절을 맛보는 테오의 솔직담백한 내면이 섬세하게 그려졌다. 장애 아동을 대하는 주변 사람들의 균형 잡힌 시각이 돋보인다.

8

하늘을 달린다 | 이상권 장편소설 ★ 문화체육관광부 우수교양도서

우리나라 대표 생태문학 작가, 이상권의 장편소설이다. 짝짓기 시기가 된 암컷 딱새 '하늘눈'은 '번개부리'와 함께 인간들이 버리고 간 벌통에 그들만의 터전을 마련하지만, 다른 새들이 시시때때로 그들을 노린다. 작가는 새 한 마리 한 마리의 삶을 통해 사랑, 생명, 자연을 이야기한다.

9

하프라인 | 김경해 장편소설

스트라이커로서 축구 인생을 시작하지만 열등감과 끊임없는 경쟁의식에 시달리는 축구 소년의 성장스토리. 골에 대한 강박관념은 오히려 주인공에게 계속되는 부상과 마음의 상처를 안겨준다. 실패와 좌절을 맛보는 과정을 통해 주인공은 비로소 진정한 어른으로, 또 축구선수로 성장한다.

10

정의의 이름으로 | 양호문 장편소설

성적 외에는 관심을 두지 않는 엄친아 주인공이 친일파 청산 문제를 접하면서 조금씩 성장한다. 작가는 역사왜곡과 역사정의에 관한 문제를 청소년들과 함께 고민해 보고 싶다고 말했고, 이 책을 통해 '일제강점기의 잔재 청산'에 대한 간접적인 경험을 선사한다.

11

불량청춘 목록 | 박상률 장편소설

진식은 어느 것 하나 빠지지 않는 모범생 반장이다. 하지만 버섯줄 패거리는 진식과 진식의 친구 현우에게 계속 시비를 걸어온다. 급기야 주유소 습격 사건, 현우의 여자친구인 은빈이를 납치하는 일까지 벌이는데……. 불량청춘들의 진짜 싸움은 주먹이 아니라 자기반성과 성찰임을 보여준다.

12

다이어트 학교 | 김혜정 장편소설

살을 빼고야 말겠다고 독하게 결심한 홍희는 다이어트 학교에 들어간다. 하지만 목표 체중에 도달하지 못하면 '나는 돼지다. 하지만 사람이 될 거다!'라는 구호를 외쳐야 하고, 금식령이나 독방령이 선포되기도 한다. 정말 다이어트를 위해 모든 것을 포기해도 되는 걸까?

13 ## 라구나 이야기 외전 | 박영란 소설집 ★ 서울시교육청 추천도서

필리핀 라구나에서 외로움과 슬픔의 시간을 딛고 진정한 자신과 마주하는 일곱 인물들의 이야기이다. 이야기의 배경이 되는 라구나에서의 삶은 누군 가에게는 타국이라는 낯선 일상이기도 하고 또 다른 누군가에게는 가까이 하기엔 너무나도 먼 이상을 꿈꿀 수밖에 없는 현실이기도 하다.

14 ## 지하세계 아이들 | 프랑수아즈 제 장편소설
★ 한국간행물윤리위원회 청소년권장도서

가까운 미래, 지상은 경찰력이 유지하고 하수구에는 고아 패거리들이 살아간 다. 이리엘은 부모를 잃은 소녀지만 다른 버려진 아이들을 돌보며 삶의 희망을 잃지 않는다. 어느 날 이리엘은 은신처를 발각당해 아이들과 헤어지고……, 세 상에는 혁명의 기운이 감돈다.

15 ## 시간을 파는 상점 | 김선영 장편소설
★ 제1회 자음과모음 청소년문학상 수상작

시간의 양면성을 재미있게 엮어낸 성장 소설. 온조는 인터넷 카페에 '시간을 파 는 상점'을 오픈해 자신의 시간으로 손님들의 어려운 일을 대신 해준다. 옆 반 에서 일어난 PMP 분실 사건을 시작으로 상점을 통해 의뢰 받은 각각의 사건들 을 해결하며 온조는 우리에게 주어진 시간의 의미를 깨닫는다.

16 ## 사랑니 | 이상권 소설집

폭력의 당위에 온몸으로 질문을 던지며 저항하는 다섯 편의 이야기. 어른이 된 다는 것은 사랑니가 주는 치통을 참아내는 연습과 비슷하다. 사랑니와 눈물겨 운 사투를 벌이던 진우는 그제야 자궁 속 사랑니로 아파하던 여자 친구의 고통 과 마주하는 자신을 발견하게 된다.

17 ## 그놈 | 박선희 장편소설

세상과 불화하고 제어할 수 없는 충동과 반항심에 시달리는 열일곱 살 독고 단의 내면 풍경을 다뤘다. 주위 사람들을 몬스터라고 부르며 외로움과 분노 를 자기 안의 '그놈'에게로 돌리는 독고단. 언제나 혼란스럽지만, 오늘 하루 를 살아갈 희망을 놓지 않는다. 감각적인 문장과 독특한 유머 감각이 살아 있는 매력적인 작품이다.

18 ## 악마의 비타민 | 양호문 장편소설

2년 전 중학생이던 성혁의 아들은 이태균의 폭력 때문에 자살하고 만다. 고 등학생이 되어서도 여전히 폭행과 협박 등을 서슴지 않는 악마 이태균. 성혁 은 아들을 죽음으로 몰아넣은 이태균을 납치하는데…… 실제 사건에 입각 해 적나라한 학교 폭력의 실상과 그에 따른 비극적 결말을 그린 소설이다.

고물섬

© 이은, 2012

초판 1쇄 인쇄일 | 2012년 6월 22일
초판 1쇄 발행일 | 2012년 7월 6일

지은이 | 이은
펴낸이 | 강병철
주　간 | 정은영
편　집 | 사태희 윤민혜 박영숙
제　작 | 고성은 김우진
마케팅 | 조광진 장성준 박제연 이도은 전소연 김우리
E-콘텐츠사업 | 정의범 조미숙 이혜미

펴낸곳 | (주)자음과모음
출판등록 | 2001년 11월 28일 제313-2001-259호
주　소 | 121-840 서울시 마포구 서교동 396-33
전　화 | 편집부 (02)324-2347, 경영지원부 (02)325-6047
팩　스 | 편집부 (02)324-2348, 경영지원부 (02)2654-7696
E-mail | jamoteen@jamobook.com
Home page | www.jamo21.net

ISBN 978-89-544-2749-4 (43810)